KB094853

회귀자와 함께
살아가는 법

회귀자와 함께 살아가는 법 11

재미두스푼 현대 판타지 소설

초판 1쇄 찍은 날 § 2022년 10월 14일
초판 1쇄 펴낸 날 § 2022년 10월 21일

지은이 § 재미두스푼
펴낸이 § 서경석

총괄팀장 § 황창선
편집책임 § 이준영
디자인 § 스튜디오 이너스

펴낸곳 § 도서출판 청어람
등록번호 § 제387-1999-000006호
등록일자 § 1999. 5. 31
어람번호 § 제1-3196호

본사 § 경기도 부천시 부일로 483번길 40 서경B/D 3F (우) 14640
편집부 § 서울시 구로구 디지털로 272 한신IT타워 404호 (우) 08389
전화 § 02-6956-0531 팩스 § 02-6956-0532
http://www.chungeoram.com
E-mail § chungeorambook@daum.net

청람
도서출판

[완결]

11

회귀자와 함께
살아가는 법

재미두스푼

현대 판타지 소설

MODERN FANTASTIC STORY

회귀자와 함께
살아가는 법

목차

Chapter 1

'왜… TV가 꺼졌지?'

분명히 잠들기 전에 TV를 틀어 두고 잤었는데, 지금은 TV가 꺼져 있었다.

'정전!'

거기까지 생각이 미친 내가 창가로 고개를 돌렸다.

늦은 시간임에도 불구하고 맞은편 호텔 건물 객실에 군데군데 불이 켜져 있는 것을 확인한 내가 표정을 굳혔다.

'모두 정전이 된 것은 아니다!'

내가 현재 묵고 있는 객실만 정전이 됐다는 사실을 깨닫고 나자, 잠이 확 깼다. 그리고 서둘러 태극일원공을 일으켰다.

'살기!'

태극일원공을 일으키자 감각이 예민해지면서 복도에서 살기가 느껴졌다. 살기가 점점 강해지는 것을 느낀 나는 혹시나 하는 마음에 미리 준비해 두었던 목검을 움켜잡았다.

'일단 카운터에 연락해 보자.'

서둘러 전화를 걸어 보았지만 받지 않았다.

비록 새벽 시간이기는 했지만 특급 호텔 카운터에서 전화 응대를 하지 않는 것은 분명히 이상한 일.

'누군가 날 노리고 있다!'

이런 확신이 든 순간 난 하선옥에게 전화를 걸었다.

—…여보세요?

자다 깬 듯 잠긴 목소리로 하선옥이 전화를 받은 순간, 내가 목소리를 낮춘 채 재빨리 말했다.

"서진우입니다. 여기 문제가 좀 생긴 것 같습니다."

—무슨… 문제요?

"지금 자세하게 설명드릴 시간은 없고. 제가 머물고 있는 호텔로 경찰을 좀 보내 주십시오."

—갑자기 경찰은 왜……?

"아까도 말씀드렸듯이 길게 설명할 시간이 없습니다. 최대한 서둘러 주세요."

그 말을 끝으로 짤막한 통화를 마친 내가 목검을 움켜쥔 손에 힘을 더했다.

"십오 층을⋯ 통째로 비워 둔 거야."

내가 머물고 있는 객실은 1503호.

그리고 아까 객실로 돌아올 때 십오 층 복도에서 아무도 만나지 못했다.

이토 겐지가 호텔 십오 층을 통째로 예약해서 아예 비워 둔 것이었다.

'방심했네.'

특급 호텔에 투숙하고 있으니 이토 겐지도 어떤 수작을 부리지 못할 것이라고 생각했던 것.

너무 순진했던 생각이었다.

'몇이나 되지?'

태극일원공을 일으켜 감각을 예민하게 하자, 걸리는 인원수는 열이 넘었다.

'많이도 보냈네.'

열두 명까지 세다가 포기한 내가 빠르게 객실 문 앞으로 다가갔다.

지금까지 상황을 통해서 유추해 보았을 때, 오다이바 호텔 내에 이토 겐지의 조력자가 있는 것이 분명했다.

그렇다면 객실 문을 열 수 있는 마스터키도 갖고 있을 가능성이 높았다.

틱, 삐리릭.

내 예상대로였다.

이토 겐지가 보낸 자들은 객실 문을 강제로 개방하지 않고 마스터키로 열고 들어왔다.

타닷, 타다닷.

객실 문이 열리자마자, 검정색 복면을 쓴 자들이 빠르게 뛰어 들어왔다.

그들이 향하는 방향은 침대.

'일본도!'

정전이 됐지만, 창문을 통해서 희미한 달빛이 새어 들어오고 있었다.

그래서 복면인들이 서슬 퍼런 일본도를 손에 들고 있다는 것은 확인할 수 있었다.

'야쿠자인가?'

말로만 듣던 야쿠자일 수도 있다는 생각을 하며 내가 목검을 휘둘러 네 번째로 방 안으로 뛰어든 복면인의 뒷덜미를 내려쳤다.

퍽.

비명도 지르지 못하고 복면인이 쓰러진 순간, 먼저 뛰어 들어왔던 복면인들은 침대 위로 앞다투어 일본도를 내려쳤다.

슉, 슈욱.

그 순간 내가 빠르게 그들의 뒤로 다가갔다.

'날 죽이려고 찾아온 자들!'

잠시의 망설임도 없이 내가 좀 전까지 누워 있었던 침대 위로 일본도를 내려 꽂는다는 것.

이들이 날 죽이기 위해서 작정하고 찾아왔다는 증거였다.

그런 그들을 상대하는 데 있어서 손속에 자비를 베풀 이유
는 없었다.

그래서 난 내공을 가득 실어서 목검을 휘둘렀다.

퍽, 퍽, 퍼억.

기습을 당한 복면인들 셋이 거의 동시에 쓰러졌다.

그 순간, 등 뒤로 또 하나의 일본도가 날아들었다.

가볍게 몸을 비틀어 일본도를 피해 내고는 목검으로 복면
인의 턱을 아래에서 위로 쳐올렸다.

푸욱!

허공에 붕 떠올랐다가 추락하는 복면인의 등 뒤로 또 다른
일본도가 쑤셔 박혔고, 동료의 등을 찌른 복면인의 옆구리를
내 목검이 강하게 때렸다.

퍽, 퍼억.

'약해!'

일본도를 손에 든 채 객실로 찾아온 복면인들을 거의 일방
적으로 쓰러뜨리던 내가 떠올린 생각이었다.

이들이 야쿠자일 거란 생각에 살짝 긴장했었는데.

긴장했던 것이 머쓱하게 느껴질 정도로 복면인들은 약했
다.

'아니, 이들이 약한 게 아니라… 내가 강한 건가?'

새삼 무휼이 전수해 주었던 태극일원공이 대단하다는 결론을 내렸을 때, 두 발로 서 있는 복면인은 한 명뿐이었다.

스윽.

날 향해 일본도를 겨누고 있긴 했지만, 복면인은 선뜻 공격하지 못했다.

허무하리만치 쉽게 쓰러져 버렸던 동료들의 모습을 확인했기 때문이리라.

"피곤하니까 빨리 와."

"……."

"안 오면 내가 간다!"

내가 기세를 끌어올린 순간, 복면인이 주춤거리며 뒷걸음질을 쳤다.

그런 그의 앞으로 달려 들어가며 내가 목검을 휘둘렀다.

부우웅.

파공음을 만들어 내면서 머리 위로 떨어지는 목검을 막기 위해서 복면인이 일본도를 들어 올렸다.

빙글.

그리고 난 도중에 목검의 방향을 바꾸어 복면인의 비어 있던 가슴을 노렸다.

놀란 복면인이 일본도를 아래로 내리며 막아 내려 했지만, 한발 늦었다.

퍼억!

거친 타격음이 터져 나온 순간, 복면인이 썩은 짚단처럼 쓰러졌다.

"후우, 후우!"

갈비뼈가 부러진 고통 때문일까.

가쁜 숨을 몰아쉬고 있는 복면인의 앞으로 다가간 내가 말했다.

"가서 전해."

"……."

"너무 약한 놈들로 보내서 실망이라고."

＊　　　　＊　　　　＊

오늘따라 술 생각이 간절했다.

그런 생각을 커피로 달랜 이토 겐지는 베란다로 나가서 적색 초승달이 떠올라 있는 밤하늘을 올려다보았다.

"그날도… 적색 초승달이 떠 있었지."

적색 초승달을 가만히 올려다보고 있자니 예전 생각이 떠올랐다.

죽음이 임박했을 때, 평생의 호적수라 여겼던 이쿠가와 류노스케를 찾아갔다.

아니, 호적수라고 여겼던 것은 자신뿐이었다.

이쿠가와 류노스케는 자신을 호적수로 여기지 않았을 테

니까.

어쨌든 이토 겐지 입장에서 이쿠가와 류노스케는 절대로 넘을 수 없는 통곡의 벽과도 같은 존재였다.

문예 창작을 전공했던 것도 아니었고, 소설 쓰기에 대해서 따로 공부한 적도 없었던 이쿠가와 류노스케는 일본 신인작가상을 시작으로 일본 추리 소설 협회상, 본격 미스터리 대상, 에도가와 란포상, 일본 서점 대상까지.

소설가로서 받을 수 있는 상이란 상은 모조리 휩쓸다시피 했었다.

그리고 거기서 끝이 아니었다.

놈은 기어이 노벨 문학상까지 수상하며 이토 겐지를 좌절케 만들었다.

"나는… 나는… 왜 널 이길 수 없었던 거지?"

이토 겐지가 보기에 이쿠가와 류노스케는 공부도 부족했고, 번뜩이는 재능이 출중한 것도 아니었다.

그럼에도 불구하고 끝내 그를 넘어설 수 없었던 이유에 대해서 물었을 때, 이쿠가와 류노스케는 대수롭지 않은 표정으로 대답했다.

"내가 쓴 글이 아니거든."

"그 말은… 도작을 했다는 뜻이야?"

"어떤 의미에서는 도작이라고 할 수도 있겠군."

"……?"

"난 회귀자야. 그래서 어떤 작품이 문학상에서 수상을 하고, 어떤 작품이 흥행을 할지 다 알고 있거든. 그런데 네가 무슨 수로 날 이길 수 있었겠어?"

그 대화를 통해서 마침내 의문이 풀렸다.

그렇지만 간암 말기였던 이토 겐지에게는 남아 있는 시간이 없었다.

그래서 이렇게라도 의문을 풀고 죽음을 맞이하는 것만으로 만족하려고 했는데.

— 축하합니다. 회귀자의 고백을 들었습니다.

회귀자의 고백을 들었던 덕분에 다시 한번 삶을 살 수 있는 기회가 예상치 못하게 주어졌다. 그리고 또 한 번 살 수 있는 기회가 주어진 후, 이토 겐지가 가장 먼저 했던 일은 이쿠가와 류노스케를 찾아가는 것이었다.

CCTV가 설치되어 있지 않은 뒷골목.

그곳에서 이토 겐지는 술에 잔뜩 취해서 콧노래를 흥얼거리며 비틀대며 걸어가던 이쿠가와 류노스케의 뒤로 다가가 벽돌로 머리를 후려쳤다.

"왜……? 왜……?"

죽는 순간까지 이쿠가와 류노스케는 이유를 물었다.

자신과는 원한은커녕 일면식조차 없었으니까.

'너만 없어지면 내 세상이 되니까.'

이것이 이토 겐지가 그를 죽인 이유.

그렇지만 그 이유를 입 밖으로 꺼내지는 않았다.

밤하늘에 떠올라 있는 적색 초승달에서 시선을 뗀 이토 겐지가 자신의 오른손을 내려다보았다.

퍼억!

벽돌을 움켜쥔 채 이쿠가와 류노스케의 뒷머리를 힘껏 가격했던 당시의 감각은 오랜 시간이 지난 지금도 생생했다.

어쩌면 첫 살인이었기 때문에 더욱 기억에 생생하게 남아 있는 것인지도 몰랐다.

"기분이… 아주 더러웠어."

꼭 필요해서 저질렀던 살인이었기는 했지만, 살인을 저지르고 나니 기분이 더러운 것은 어쩔 수 없었다.

그래서 이번에는 자신의 손을 더럽히지 않기로 결심했다.

원하는 것을 손에 쥐어 주기만 하면, 자신을 대신해서 손을 더럽힐 인간들은 지천으로 널려 있었으니까.

지이잉, 지이잉.

그때, 탁자 위에 올려 둔 휴대 전화가 진동하기 시작했다.

"끝났나 보군."

서진우는 무척 위험한 인물이었다.

그리고 이라부 레코드와 JK미디어가 계약을 맺은 것.

그것은 자신이 용인할 수 있는 선을 넘어선 행동이었다.

그래서 이토 겐지는 서진우를 이번 기회에 제거하기로 결심했던 것이었다.

"끝났나?"

이토 겐지가 다짜고짜 묻자, 한 박자 늦게 대답이 돌아왔다.

—선물 잘 받았습니다.

'서진우!'

수화기 너머로 들려온 목소리의 주인이 서진우임을 알아챈 이토 겐지가 눈살을 찌푸렸다.

그를 제거하려던 계획이 실패로 돌아갔다는 사실을 깨달았기 때문이었다.

'어떻게……?'

호텔로 열이 넘는 야쿠자 조직원들을 보냈는데, 서진우가 어떻게 아직 살아 있는지 잘 이해가 가지 않았다.

그사이, 서진우의 이야기가 이어졌다.

—그런데 너무 약소했습니다.

'약소했다?'

그리고 서진우가 덧붙인 이야기를 들은 이토 겐지가 눈살을 더욱 찌푸렸다.

'싸움을 잘한다?'

이건 상정하지 못했던 일이었다.

그리고 이걸 계산에 넣지 못했던 것은 자신의 실수가 맞았다.

"기회는 자주 찾아오는 게 아닌데… 아주 좋은 기회를 놓치고 말았네요."

일본은 자신의 안마당.

서진우가 혼자서 일본에 찾아왔던 것은 분명 기회였다.

그렇지만 그 기회를 아쉽게 놓쳐 버리고 만 것이었다.

그래서 이토 겐지가 지그시 입술을 깨물며 자책하고 있을 때, 서진우가 말했다.

―이번에 받은 선물은 머지않은 시기에 이자까지 쳐서 돌려 드리겠습니다.

*   *   *

원래 계획은 복면인을 시켜서 이토 겐지에게 이야기를 전하는 것이었다.

하지만 복면인은 한국어를 몰랐다.

그래서 도중에 계획을 바꿔서 이토 겐지에게 직접 전화를 건 것이었다.

이토 겐지에게 선전포고까지 마쳤을 때, 일본 경찰들과 하선옥이 함께 호텔로 찾아왔다. 그리고 바닥에 아무렇게나 널브러져 있는 일본도와 복면인들을 확인하고는 놀란 기색을 감추지 못했다.

서진우는 혼란스러워하는 그들에게 아무렇지도 않은 표정

으로 다가가 하선옥의 도움을 받아서 일본 경찰들에게 상황을 설명했다.

*   *   *

정전이 된 것은 십오 층뿐.

호텔 내부 CCTV는 정상적으로 작동하고 있었기에 복면인들이 날 습격한 것은 바로 판명됐다.

물론 복면인들은 제대로 된 처벌을 받지 않을 것이었다.

야쿠자들은 경찰과 끈이 있게 마련이었고, 이토 겐지도 그들의 뒤에 든든히 버티고 있기 때문이었다.

어쨌든 어느 정도 상황이 수습되자마자 난 바로 한국행 비행기에 탑승했다.

일본에 더 오래 머무르는 것은 아무래도 너무 위험하다고 판단했기 때문이었다. 그리고 김포 공항에 도착해서 날 기다리고 있는 백주민을 발견한 순간 비로소 긴장이 풀렸다.

"괜찮으십니까?"

백주민은 일본 출장 중에 야쿠자의 습격을 받았다는 사실을 내게 전해 들어서 이미 알고 있었다.

"보다시피 멀쩡합니다."

내가 어깨를 으쓱하며 대답하자, 백주민이 새삼스런 시선을 던졌다.

"열 명이 넘는 야쿠자들에게 공격당했는데 긁힌 상처 하나 없네요."

"제가 이래 봬도 펜싱 금메달리스트잖습니까?"

"아무리 그래도… 경기와 실전은 다르지 않습니까?"

"운이 좋았습니다."

"운이 좋았다는 것은?"

"야쿠자들이 일본도를 사용했거든요."

"그게 왜 다행이란 겁니까?"

"만약 총을 갖고 찾아왔으면 진짜 위험했을 테니까요."

칼과 총은 달랐다.

태극일원공을 익힌 덕분에 칼을 쓰는 야쿠자들은 쉽게 제압이 가능했지만, 총은 너무 위험한 무기였다.

이토 겐지가 방심했던 것이 내게는 천운이었던 셈이었다.

"제가 부탁한 것은 알아봤습니까?"

내가 백주민에게 알아보라고 부탁한 것은 경호 업체.

일본에서 야쿠자의 습격을 받은 후 경호 업체의 필요성을 느꼈기 때문에 그에게 알아보라고 지시했던 것이었다.

'만약 나 혼자라면?'

무휼이 전수해 준 태극일원공을 익혔기 때문에 내 몸 하나쯤은 지킬 자신이 있었다.

그렇지만 내게 소중한 사람들은 달랐다.

채수빈과 백주민, 손진경, 신대섭 등등.

이토 겐지가 이번 실패를 교훈으로 삼아 타깃을 바꿔서 내가 아닌 이들을 노린다면?

말 그대로 속수무책이었다.

그래서 난 백주민에게 최대한 빨리 경호 업체에 대해서 알아보라고 지시해 두었다.

카페에 도착한 후 그가 대답했다.

"경호 업체에 대해서 좀 알아봤는데… '블랙타이거 시큐리티'라는 경호 업체와 일단 미팅을 잡았습니다."

"그 경호 업체와 미팅을 잡은 이유가 있습니까?"

"유명한 경호 업체는 아닌데… 실력이 있습니다."

"실력이 있다고 판단한 근거는요?"

"호성건설이라고 아십니까?"

"압니다."

"3년 전에 호성건설에서 울주 지역 재개발 사업을 낙찰받았습니다. 당시 호성건설 측에서는 퇴거 명령에도 계속 거주하면서 재개발을 반대하고 있는 기존 입주민들을 쫓아내기 위해서 금강경호라는 업체를 고용했습니다. 방금 전에 경호 업체라고 소개하기는 했지만 실상은 용역 깡패들입니다. 그것도 아주 지독하다고 소문이 자자한 놈들이죠. 그때 금강경호에서 파견한 용역 깡패들이 농성을 하고 있던 입주민들을 덮쳤지만, 오히려 깨지고 돌아갔습니다. 블랙타이거 시큐리티에서 농성하고 있던 기존 입주민들을 돕기 위해서 나섰기 때문입니다."

"그럼 입주민들이 블랙타이거 시큐리티를 고용했던 겁니까?"

"그건 아닙니다. 블랙타이거 시큐리티 대표인 고병태와 기존 입주민들 사이에 인연이 있었다고 합니다. 딱한 사정을 듣고서 고병태가 무료로 도와준 거죠. 어쨌든 블랙타이거 시큐리티의 방해로 실패를 경험한 금강경호에서는 철사파라는 지역 깡패를 동원했습니다."

"용역 깡패가 아니라 진짜 깡패를 동원했다는 겁니까?"

"네."

"그래서 어떻게 됐습니까?"

"철사파가 그 지역에서는 꽤 유명한 조직이었는데… 결국 실패했습니다."

"용역 깡패들과 진짜 깡패들이 힘을 합쳤는데도 실패했다?"

"네. 더 놀라운 게 뭔지 아십니까? 20 대 80이었다는 겁니다."

"블랙타이거 시큐리티 측은 스무 명, 금강경호와 철사파 측은 팔십 명이었다는 뜻입니까?"

"네. 압도적인 수적 우위였음에도 실패한 거죠."

'실력은 괜찮은 것 같네.'

내가 속으로 생각하며 백주민에게 물었다.

"블랙타이거 시큐리티 고병태 대표, 언제 만날 수 있습니까?"

"오늘이라도 만날 수 있습니다."

"안 바쁜가요?"

"연락 주면 바로 미팅하기 위해서 달려오겠다는 걸 보니 그다지 안 바쁜 것 같습니다."

그 이야기를 들은 내가 의아한 표정으로 물었다.

"백주민 씨 말씀대로라면 실력이 있는데… 왜 안 바쁜 겁니까?"

　

$$*　　　*　　　*$$

　

블랙타이거 시큐리티 사무실.

한창훈이 내민 사직서를 발견한 고병태가 미간을 찡그렸다.

"이거 뭐야?"

"사직서입니다."

"왜 사직서를 내는 거야?"

"고향에 내려가겠습니다."

"고향에 내려가서 뭐 하게?"

"농사지으려고요."

"농사?"

"그렇지 않아도 아버지가 일손이 부족하다고 내려오라고 성화였습니다. 그래서 고향에 내려가서 부모님 도와서 농사를 지을 생각입니다."

"창훈아."

"네."

"낫질하는 게 너랑 어울린다고 생각해?"

특수 부대 중사 출신인 한창훈과 농사는 전혀 어울리는 조합이 아니었다.

그래서 고병태가 한숨을 내쉬며 묻자, 한창훈이 대답했다.

"낫질도 계속 하다 보면 익숙해지지 않겠습니까?"

"이 사직서, 도로 가져가라."

"대장님!"

"아직 더 버틸 수 있어."

고병태가 큰소리를 쳤지만, 한창훈은 믿는 기색이 아니었다.

"저도 눈치란 게 있습니다. 이거 그냥 두고 가겠습니다."

"야! 한창훈!"

"그동안 감사했습니다. 충성!"

거수경례와 사직서를 남기고 잡을 새도 없이 떠나 버리는 한창훈의 뒷모습을 바라보던 고병태가 한숨을 푹 내쉬었다.

"진짜… 기분 엿같네."

군에서 제대한 후 최고의 실력을 갖춘 후배들을 끌어모아

경비 전문 업체 '블랙타이거 시큐리티'를 세웠다. 그리고 '블랙타이거 시큐리티'는 금세 자리를 잡았다.

'블랙타이거 시큐리티' 요원들의 실력이 워낙 출중했기 때문에 빠르게 인정을 받았던 덕분이었다.

그렇지만 재개발 사업에 참여했던 금강경호와 제대로 각을 세우고 난 후, 상황은 백팔십도 달라졌다.

갑자기 일거리가 뚝 끊기면서 '블랙타이거 시큐리티'는 재정난에 처했다.

그 과정에서 직원들의 수가 점점 줄어들었다.

고병태가 해고를 했던 것이 아니었다.

회사 사정이 어렵다는 사실을 잘 알고 있는 직원들이 먼저 사표를 내고 떠난 것이었다.

"내 사람들도 못 지키는 주제에 대체 누굴 경호한다고."

고병태가 자조 섞인 표정을 지은 채 자책했을 때였다.

똑똑.

노크에 이어 사무실 문이 열렸다.

"누구……?"

"백주민이라고 합니다. 얼마 전에 전화드렸던 적이 있는데 혹시 기억하고 계십니까?"

"아, 기억합니다."

경호 의뢰가 있다고 걸려왔던 전화.

워낙 오래간만에 들어왔던 의뢰라서 고병태는 똑똑히 기억하고 있었다.

"앉으시죠."

"네."

"무슨 의뢰를 맡기실 겁니까?"

"저를 경호해 주십시오."

"백주민 씨 본인을 경호해 달라는 겁니까?"

"맞습니다."

"누군가에게서 위협을 받고 있습니까?"

"그렇습니다. 제가 투자 쪽 일을 하고 있는데 얼마 전에 투자 손실을 좀 봤습니다. 그로 인해서 손해를 봤던 투자자들 중 일부가 제 신변을 위협하고 있습니다."

'어려운 일은 아니네.'

고병태가 속으로 판단한 순간이었다.

"최고 수준의 경호를 원합니다. 그래서 최대한 많은 경호원들을 곁에 붙여 주셨으면 합니다."

백주민이 덧붙였다.

"굳이 경호원들의 수가 많을 필요는 없을 것 같습니다. '블랙타이거 시큐리티' 직원들의 실력이 워낙 출중하기 때문에 두 명 정도만 경호를 붙여도 될 것 같습니다. 괜히 더 많은 경호원을 붙여 봐야 의뢰 비용만 더 많이 발생하고……"

"의뢰 비용은 상관없습니다."

"……?"

"아까도 말씀드렸듯이 최고 수준의 경호를 해 주십시오. 사흘간 저를 무사히 지켜 주시면, 일억을 드리겠습니다."

"방금… 얼마라고 했습니까?"

"일억을 드리겠다고 말씀드렸습니다."

자신이 잘못 들었던 게 아님을 알게 된 고병태는 눈이 번쩍 뜨이는 느낌이었다.

"정말… 일억을 지급하신단 겁니까?"

"네. 계약서부터 작성하시죠."

"…알겠습니다."

행여나 백주민의 마음이 변할 것이 걱정된 고병태의 마음이 조급해졌다. 그래서 서둘러 계약서 작성을 마친 후 고병태가 내심 안도하며 질문했다.

"언제부터 경호를 시작할까요?"

"지금 바로 시작해 주시죠."

"네."

어차피 최근 의뢰가 거의 없어서 직원들 대부분이 개점휴업 상태였다.

기존 업무를 맡고 있는 극히 일부의 직원들을 제외한 나머지 직원들을 모두 소집한 고병태가 질문했다.

"어디로 가실 겁니까?"

"제가 마련한 임시 거처가 있습니다. 거기로 가시죠."

＊　　　＊　　　＊

백주민이 이야기한 임시 거처는 경기도 화성 인근 폐공장이었다.

백주민이 인적 없는 공터에 덩그러니 위치한 폐공장 한가운데 놓여 있는 탁자에 노트북을 설치하는 사이, 고병태도 함께 온 직원들과 논의를 시작했다.

"확인했다시피 출입구는 하나뿐이다. 출입구 쪽에 네 명, 나머지는 나와 함께 공장 내부에서 대기한다."

폐공장을 미리 살펴본 결과, 출입구는 정문 하나뿐이었다.

경호하는 입장에서는 최적의 장소.

'너무 쉬운 일인데.'

일억이란 거금을 받는 것이 미안할 정도로 너무 쉽게 느껴지는 의뢰.

그렇지만 고병태는 방심하지 않았다.

"세상에 공짜는 없다. 일억이란 의뢰비를 지불한 것에는 분명 이유가 있을 거야. 그러니까 절대 긴장 풀면 안 돼!"

함께 온 직원들에게 정신 무장을 강조한 후, 고병태는 백주민과 가장 가까운 위치에 자리를 잡았다.

'뭐 하는 사람일까?'

백주민은 본인이 투자 관련 일을 한다고 말했다.

그렇지만 자세한 업무 내용까지는 설명하지 않았다.

'일억이란 큰돈을 선뜻 의뢰 비용으로 지불한다고 말하는 걸 보니 돈은 많은 것 같은데… 혹시 사기꾼인가?'

TV 뉴스에 가끔씩 나오는 거액을 벌 수 있다는 감언이설로 투자자들로부터 거액의 투자금을 유치한 후, 꿀꺽해 버리고 사라지는 사기꾼일지도 모르겠다는 생각이 들었다.

그렇지만 백주민이 실력 있는 투자자인가, 사기꾼인가 여부는 중요치 않았다.

지금 백주민은 '블랙타이거 시큐리티'에 의뢰를 한 의뢰인이라는 것이 중요했다.

그때였다.

"아까부터 계속 노트북을 힐끔거리시는 걸 보니, 제가 뭐 하는 사람인지 많이 궁금하신가 보네요."

"네? 그게……."

"저는 주식 투자를 하는 사람입니다. 그리고 투자 수익률이 꽤 높은 편입니다."

"아, 네."

"못 미더운 표정이시네요. 보자. 제가 여기 도착한 지 얼마나 지났죠?"

"대략 한 시간 정도 지났습니다."

"그사이에 제가 벌어들인 돈이… 대충 오억 정도 되겠네요."

'오억?'

불과 한 시간 사이에 눈이 돌아갈 정도로 거금을 벌어들였다는 이야기를 전해 들은 고병태가 두 눈을 치켜떴다.

'이거 진짜야? 아니면 구라를 치는 거야?'

　노트북 앞에 앉아서 연신 하품을 해 대며 마우스만 딸깍거리고 있던 백주민이 그사이 오억을 벌었다는 이야기를 순순히 믿기 힘들었다.

'혹시… 내게 의도적으로 접근한 게 아닐까?'

　자신에게 의도적으로 접근해서 투자자로서 능력이 있다고 믿게 만든 후, 자신에게 투자금 명목으로 돈을 뜯어내려는 것일 수도 있다는 의심이 퍼뜩 들었다.

　하지만 고병태는 이내 고개를 가로저었다.

　사기를 치기에는 자신이 적당한 대상이 아님을 잘 알기 때문이었다.

'어차피 뜯길 돈도 없는 상황이니까.'

　그래서 고병태가 자조 섞인 미소를 지었을 때였다.

　그그그극.

　폐공장의 유일한 출입구인 정문이 열렸다. 그리고 정문이 열리는 것을 확인한 고병태가 눈살을 찌푸렸다.

　경호 도중 어떤 돌발 상황이 발생할 경우, 무전기를 이용해서 연락하는 것이 원칙.

　그런데 그 원칙을 지키지 않고 직원들이 정문을 열고 안으로 들어오는 것은 경호 수칙을 어기는 것이었다.

그래서 의아함을 느꼈었는데.

'우리 직원이… 아니다?'

정문을 지키는 직원들은 제복을 입고 있었다. 그런데 지금 열린 정문을 통해서 들어오는 자는 제복을 착용하지 않았다.

청바지와 티셔츠 차림이었다.

'누구지?'

가장 먼저 든 의문.

'왜 아무 연락도 없었던 거지?'

다음으로 든 의문이었다.

폐공장 정문은 블랙타이거 시큐리티 직원 넷이 지키고 있었다. 그런데 정체불명의 인물이 정문을 통해 들어오는 동안, 아무런 연락도 없었다는 것은 분명 이상한 일이었다,

'설마… 당한 건 아니겠지?'

가장 가능성이 높은 추측은 무전으로 연락을 취할 새도 없이 직원들이 빠르게 제압당했다는 것이었다.

그래서 당장이라도 정문으로 달려가서 직원들의 상황을 확인해 보고 싶었다.

하지만 고병태는 정문 쪽이 아니라 의뢰인인 백주민의 곁으로 다가갔다.

지금 자신이 해야 할 일은 의뢰인을 지키는 것이었기 때문이었다.

"막아!"

고병태가 폐공장 내에 들어와 있던 다른 직원들에게 지시했다.

'블랙타이거 시큐리티'에서 일하는 직원들은 모두 특수 부대 출신이었다.

고병태가 특수 부대에서 복무할 때 함께 복무했거나, 소개를 받은 후 직접 시험을 거쳐서 선발한 말 그대로 정예 요원들.

그런 정예 요원들이 여덟 명이나 폐공장 내에 있었다.

그들이라면 불청객을 가볍게 제압할 수 있을 거란 확신을 고병태는 갖고 있었다.

그렇지만 만의 하나의 상황까지 가정할 필요는 분명히 있었다.

경호 대상의 안전이 최우선 고려 대상.

그래서 고병태는 매뉴얼대로 움직이기로 결정하고 의뢰인인 백주민에게 서둘러 말했다.

"여기서 빠져나가야 합니다."

요원들이 불청객을 제압하는 것이 최선.

그리고 만일 불청객을 제압하는 데 실패하더라도 시간을 번 사이에 폐공장에서 빠져나가서 차로 이동해 의뢰인의 안전을 확보하는 것이 고병태의 계획이었다.

"지금은 좀 곤란한데요."

"네?"

"매수 계약이 체결될 때까지 30초만 기다려 주십시오. 매수 계약이 체결되지 않으면 손실을 너무 크게 보거든요."

"알겠습니다."

요원들이 그 정도 시간은 충분히 벌 수 있을 거라 판단한 고병태가 고개를 끄덕인 후 두 눈을 치켜떴다.

퍽, 퍼억.

불청객이 휘두르고 있는 목검에 요원들이 속절없이 쓰러지는 것이 보였기 때문이었다.

'어떻게?'

그 모습을 지켜보던 고병태가 당혹스러움을 느꼈다.

특수 부대에서 실전 무술을 익혀서 일당백이라고 자부했던 요원들이 너무 쉽게 당해서 쓰러지는 광경이 믿기지 않았다.

"가야 합니다."

이대로라면 요원들이 시간을 벌 수 없다고 판단을 내린 고병태가 재촉했다.

하지만 백주민은 고개를 흔들었다.

"지금은 못 일어납니다."

"다칠 수도 있습니다."

"그래도 어쩔 수 없죠."

백주민의 뜻이 완고하다는 것을 느낀 고병태가 결심을 굳히고 수도로 그의 뒷덜미를 가격했다.

퍽.

뒷덜미를 가격당한 백주민이 의식을 잃은 순간, 고병태가 상황을 살폈다.

폐공장 내에 머물고 있던 여덟의 요원들 가운데 여섯이 바닥에 쓰러져 있었다.

"최승호!"

시간이 없다는 것을 확인한 고병태가 소리쳤다.

"이리 와."

최승호가 빠르게 다가온 순간 고병태가 덧붙였다.

"매뉴얼대로."

"알겠습니다."

최승호가 의식을 잃은 백주민을 둘러업는 것을 확인한 고병태가 단검을 빼 들었다.

군에서 사용하던 단검과 흡사한 형태의 단검을 빼 들고 불청객의 앞을 막아섰을 때였다.

슈아악.

불청객이 목검을 휘둘렀다.

'빠르다!'

어느새 목전에 다가와 있는 목검을 확인한 고병태가 본능적으로 뒤로 물러나서 가까스로 목검의 궤적에서 벗어났다. 그러나 위기는 끝이 아니었다.

불청객이 한 발 앞으로 내디디며 목검을 찔러 왔고, 이번에는 피하기에 늦었다고 판단한 고병태가 단검으로 그 공격을 막았다.

채앵.

목검과 진검이 부딪쳤음에도 마치 진검끼리 부딪치는 소리
가 흘러나왔다.

'큭!'

그 순간 고병태가 신음이 새어 나올 뻔한 것을 가까스로
참았다.

단검을 움켜쥐고 있던 손아귀가 찢어질 정도로 압력이 거
셌기 때문이었다.

'이래서… 요원들이 쓰러졌구나.'

손속을 섞은 후 불청객의 실력이 대단하다는 사실을 새삼
깨달은 고병태가 이를 악물었다.

'시간을 벌어야 해!'

불청객을 제압하는 것은 불가능하더라도 최소한 의뢰인이
빠져나갈 시간은 벌어야 했기 때문이었다.

슈아악.

다시 머리 위로 떨어지는 목검을 가까스로 막아 낸 고병태
가 뒤로 밀려나며 손에 든 단검을 휘둘렀다.

추가 공격을 막기 위한 움직임.

그러나 자신을 노린 추가 공격은 없었다.

'어디… 갔지?'

불청객이 추가 공격을 펼치는 대신, 백주민을 둘러업고, 폐

공장을 빠져나가는 최승호 쪽으로 향하는 것이 보였다.

'막아야 해!'

고병태가 전력 질주 했지만 한발 늦었다.

퍼억.

목검에 가격당한 최승호가 쓰러졌고, 함께 바닥에 쓰러진 백주민의 머리 위로 불청객이 휘두른 목검이 떨어져 내리고 있었다.

고병태가 이를 악문 채 몸을 던지며 백주민을 덮쳤다. 그리고 곧 닥칠 충격을 대비하고 있던 고병태가 고개를 갸웃했다.

아무런 고통이 느껴지지 않아서였다.

'왜?'

고병태가 질끈 감았던 눈을 뜬 순간, 불청객이 말했다.

"미션 실패."

              *   *   *

"으윽."

백주민은 정신을 차리자마자 아까 뒷덜미를 가격당한 것이 아프다고 엄살을 부렸다.

그런 그에게서 긴장감은 전혀 찾아볼 수 없었다.

'왜?'

고병태가 의아함을 품은 채 불청객을 바라보았다.

"당신은 누굽니까?"

"서진우라고 합니다."

"당신 이름을 물었던 게 아닙니다. 여기 찾아온 이유를 물은 겁니다. 우리 측 의뢰인을 공격하기 위함이 아니었습니까?"

"네."

"그럼 왜 찾아온 겁니까?"

"일종의 시험이었습니다."

"시험… 이요?"

"'블랙타이거 시큐리티' 요원들의 실력을 가늠해 보기 위해서 제가 마련한 무대였다는 뜻입니다."

일련의 과정이 시험이었다는 사실을 알게 된 순간, 고병태가 가장 먼저 느낀 것은 불쾌감이었다.

그러나 그도 잠시, 고병태는 표정을 굳혔다.

"그럼… 시험에 통과하지 못한 셈이군요."

무려 일억이란 거금이 걸린 시험에 통과하지 못했다는 사실을 깨달은 순간, 고병태는 절망감에 휩싸였다.

'블랙타이거 시큐리티'의 재정난을 타개할 수 있는 절호의 기회를 놓쳤다는 아쉬움 때문이었다.

그렇지만 서진우가 꺼낸 이야기는 뜻밖이었다.

"아니요. 시험에 통과했습니다."

"그게… 무슨 말씀입니까?"

고병태가 당혹스러운 표정으로 질문했다.

백주민을 경호하기 위해서 자신을 포함한 '블랙타이거 시큐리티' 정예 요원들이 총출동하다시피 했다.

　그렇지만 서진우 한 명을 막아 내지 못했다.

　그래서 당연히 시험에 통과하지 못했다고 판단했는데, 서진우는 예상과 다른 이야기를 꺼낸 것이었다.

　"우리는 당신을 막지 못했습니다. 그래서 백주민 씨 경호에 실패했는데 왜 시험에 통과했다는 겁니까?"

　고병태가 의아한 표정으로 질문하자, 서진우가 대답했다.

　"날 막지 못했던 것은 당연한 일입니다."

　"네?"

　"다만 그 과정에서 어느 정도 실력을 보여 주는가가 중요했습니다. 그리고 '블랙타이거 시큐리티' 요원들의 실력이 나름대로 괜찮다는 판단을 내렸습니다."

　고병태가 눈살을 찌푸렸다.

　자신감을 넘어 오만하게 느껴질 정도의 이야기.

　그래서 살짝 기분이 상했지만, 이내 고병태는 인정할 수밖에 없었다.

　'실력은… 엄청나니까.'

　일당백이라고 자부했던 '블랙타이거 시큐리티' 요원들이 서진우를 상대로 손 한 번 제대로 써 보지 못하고 당했다.

　그리고 고병태도 마찬가지였다.

　서진우와 손속을 섞어 본 후, 그의 강함을 절실히 느꼈다.

'어떻게… 이렇게 강할 수가 있지?'

거기까지 생각이 미치고 나서야 고병태가 의문을 품었다.

비상식적일 정도로 강한 서진우에게 호기심이 생긴 것이었다.

그때 서진우가 말했다.

"아까도 말씀드렸듯이 일단은 만족했습니다. 그러니까 이제 계약서 쓰시죠."

"계약서요?"

"네, SB컴퍼니는 경호 업체 '블랙타이거 시큐리티'와 계약을 체결하고 싶습니다."

"규모는……?"

"'블랙타이거 시큐리티'에서 경호를 맡아 줘야 할 인원이 꽤 많습니다. 연간 10억 수준의 계약을 체결했으면 합니다."

'일 년에 십억 규모?'

고병태가 두 눈을 치켜떴다.

말 그대로 엄청난 규모의 계약 조건이었기 때문이었다.

'이 정도면… 재정난에서 벗어날 수 있어. 그리고… 회사가 어려워지면서 떠났던 직원들도 다시 불러올 수 있어.'

고병태가 반색한 순간, 서진우가 말했다.

"마냥 좋아할 일은 아닐 겁니다."

"……?"

"아까도 말씀드렸듯이 '블랙타이거 시큐리티' 요원들의 능력에 백 퍼센트 만족한 것은 아니거든요. 그래서 제가 훈련에 참여한다는 것이 계약 조건입니다."

'훈련에 참여한다는 것이… 무슨 뜻이지?'

제대로 말뜻을 이해 못 한 고병태가 의아한 시선을 던진 순간, 서진우가 설명을 더했다.

"제가 블랙타이거 시큐리티 훈련 교관으로 참가하겠다는 뜻입니다. 이 조건을 받아들이시겠습니까?"

*   *   *

'블랙타이거 시큐리티' 요원들은 꽤 괜찮은 실력을 갖고 있었다.

일본에서 상대했던 야쿠자들보다 더 강했으니까.

다만 내가 너무 강해서 그들이 감당하기에는 역부족이었던 것뿐이었다.

'이대로는 부족해!'

그리고 난 아쉬움을 느꼈다.

내가 아끼는 사람들을 위험에서 지키기 위해서는 '블랙타이거 시큐리티' 요원들의 능력을 더 키우는 것이 필요했다.

이것이 내가 훈련 교관으로 참가하는 것을 계약 조건으로 내걸었던 이유.

그리고 난 한 번 입 밖으로 내뱉은 말은 지키는 사람이었다.

'블랙타이거 시큐리티' 사무실로 수시로 찾아가서 대련을 빙자한 교육을 했다.

처음에는 내가 찾아오는 것을 내켜 하지 않았던 요원들이었는데.

세 번째인 오늘은 달랐다.

그들은 내가 찾아오는 것을 오히려 기다린 표정이었다.

퍼억!

"크흑!"

대련을 하는 과정에서 극심한 고통이 느껴졌지만, 블랙타이거 시큐리티 요원들은 실전을 수없이 경험한 군인 출신이었다.

그래서 대련을 통해서 실력이 향상된다는 사실을 깨닫고 있었기 때문에 날 기다리는 것이었다.

          *   *   *

"자세가 높습니다. 그래서 중심을 이동하는 것이 늦어지고, 반격에 걸리는 시간이 길어지는 것입니다."

"무슨 뜻인지 알겠습니다. 그리고……."

"그리고 뭡니까?"

"고생하셨습니다."

방금 대련을 마친 최승호가 인사했다.

뒤이어 고병태가 질문했다.

"펜싱 덕분에 이렇게 강해지신 겁니까?"

그 질문에 내가 고개를 가로저었다.

"그건 아닙니다."

"그럼 어떻게 이렇게 강해진 겁니까?"

"노력 덕분이죠."

"……?"

"우연히 전통 무술을 익힐 기회가 있었습니다. 그 무술을 열심히 수련한 덕분입니다."

내 대답이 부실해서일까.

아쉬운 표정을 짓고 있는 고병태에게 내가 말했다.

"오늘은 여기까지 하시죠."

그리고 금일 대련은 여기까지라고 말하자 고병태가 더욱 아쉬운 표정을 지었다.

"왜 벌써 끝내시는 겁니까? 저도 아까부터 대련을 기다리고 있었는데……."

"오늘은 약속이 있습니다."

"무슨 약속이길래……?"

"저도 연애해야죠."

대련을 빨리 마무리하기 위해서 꺼낸 거짓말이 아니었다.

진짜 채수빈과 약속이 있었다.

＊　　　　＊　　　　＊

가볍게 샤워를 마친 난 채수빈의 집으로 향했다.

"일본 여행은 어땠어요?"

차에 올라타자마자 채수빈은 질문부터 던졌다.

"여행 갔던 게 아니라 출장 갔다 온 거야."

"어쨌든 너무 부러워요. 서도 일본에 한번 가 보고 싶었거든요."

"그럼 다음에 같이……."

다음에 한번 날을 잡아서 같이 일본으로 가자고 대답하던 내가 도중에 입을 다물었다.

이토 겐지가 퍼뜩 떠올랐기 때문이었다.

'굳이 위험을 무릅쓸 이유는 없지.'

이미 한 차례 위협을 받았던 상황.

내게 적의를 갖고 있는 이토 겐지가 머물고 있는 일본에 채수빈과 함께 다시 찾아가는 것은 너무 위험하다고 판단한 내가 제안했다.

"일본은 별로였어."

"그래요?"

"일본보다 더 좋은 곳으로 가자. 미국이나 유럽은 어때?"

"너무 좋아요."

채수빈과 이런저런 대화를 나누는 사이에 목적지에 도착했다.

"여긴 어디예요?"

"또 다른 맛집."

"맛집… 이요?"

"그래. 여기 국수가 아주 맛있어."

신세연에게 부탁해서 맛집 정보를 알아낸 덕분에 여기가 맛집이란 사실을 알 수 있었다. 그래서 채수빈과 함께 찾아온 것이었고.

"어머, 여기도 진짜 맛있어요."

그리고 잔치 국수가 너무 맛있다고 감탄하며 좋아하는 채수빈을 바라보던 내 입가에 미소가 번졌다.

"그런데 왜 연애하는 티가 안 나는 겁니까?"

얼마 전, 백주민이 했던 지적을 듣고 채수빈에게 미안한 마음이 들었다.

그래서 그녀와 더 많은 시간을 보내기로 결심했었고, 지금 난 그 결심을 실행으로 옮기는 중이었다.

그리고 채수빈과 함께 보내는 시간은 즐거웠다.

그녀와 함께 있으면 복잡한 생각들을 잊을 수 있었기 때문이었다.

그때, 교복 입은 여고생들이 쭈뼛거리며 우리가 앉아 있는 탁자로 다가왔다.

"저기… 사인 좀 받을 수 있을까요?"

"혹시… 나한테 하는 말이야?"

"네. 언니, '알고 있나요?' 뮤직비디오 여주인공 맞죠?"

"응, 맞아."

"언니, 너무 예뻐요."

여고생들에게 사인을 해 주고 있는 채수빈을 바라보던 내가 웃으며 말했다.

"수빈이 인기 많네."

"아니에요."

채수빈이 뺨을 붉히며 손사래를 친 순간, 여고생 중 한 명이 날 유심히 바라보다가 질문했다.

"오빠, 혹시… 펜싱 선수 아니에요?"

"펜싱 선수였지."

"아시안게임에서 금메달 땄던 오빠 맞죠? 이름이… 서진우, 맞죠?"

"그래. 맞아."

"너무 멋있었어요."

여고생들은 채수빈에게 사인을 받고 본인들의 탁자로 돌아갔다. 그 후에도 우리가 앉아 있는 탁자 쪽을 계속 힐끔거리며 살폈다.

"수빈아, 걱정 안 돼?"

"무슨 걱정이요?"

"이러다가 열애설 터질지도 모르겠는데?"

'알고 있나요?'의 뮤직비디오가 워낙 큰 인기를 얻은 덕분에 채수빈의 인지도도 자연스레 많이 쌓인 상태였다.

길거리를 다니다 보면 그녀를 알아보는 사람들도 늘어나는 추세였고.

그래서 자칫 잘못하면 나와 열애설이 불거질지도 모른다고 내가 말했지만, 채수빈은 전혀 걱정하는 기색이 아니었다.

"상관없어요."

"왜? 여배우에게는 열애설이 터지면 치명적일 수도 있는데?"

"그래서 인기가 없어지면 그냥 선생님한테 시집갈게요."

"뭐?"

"왜요? 싫어요?"

"아니, 좋아."

여기서 어정쩡하게 대답하면 채수빈에게 공격당할 빌미를 준다는 사실을 알기에 난 바로 대답했다.

예상대로 만족한 표정을 짓고 있는 채수빈에게 내가 물었다.

"이제 뭘 할까?"

"영화 봐요."

"영화?"

"선생님이랑 꼭 같이 보고 싶었던 영화가 있어요."

"그러자."

계산을 하고 식당을 나온 우리는 차에 올랐다. 그리고 영화관 쪽으로 운전하고 있을 때, 채수빈이 말했다.

"선생님, 여기 차 세워 보세요."

"여기는… 영화관이 없는데?"

내가 정차한 후 말하자, 채수빈이 대답했다.

"영화관 안 갈 건데요."

"응?"

"다른 데서도 영화 볼 수 있잖아요."

"다른 데? 어디를 말하는……?"

주변을 살피면서 그녀에게 질문하던 내 눈에 들어온 것은… DVD 방이었다.

채수빈이 방금 말한 영화관 말고 영화를 볼 수 있는 장소가 DVD 방이란 사실을 직감한 내가 당황했다.

DVD 방에서 영화를 볼 수 있는 것은 맞았다.

그렇지만 DVD 방에서 영화 감상만 하는 경우는 극히 드물다는 사실을 잘 알고 있어서였다.

특히 젊은 남녀 두 명이 들어간다면 더욱더.

"수빈아."

"왜요?"

"이래도… 될까?"

"이러면… 안 될 이유가 있어요?"

'그래. 안 될 것도 없지.'

채수빈이 되물은 순간, 내가 속으로 생각했다.

대학생이 됐으니 채수빈도 이제 어엿한 성인이었다. 그리고 우리는 서로 사랑하는 사이였으니까 DVD 방에 들어갈 자격은 충분하단 생각이 든 것이었다.

"가자."

"네."

내가 긴장한 채 차에서 내린 반면, 채수빈은 전혀 긴장한 기색 없이 앞장서서 걸음을 옮겼다.

"긴장되지 않아?"

"왜 긴장이 돼요?"

"그게… 아냐."

'수빈이가 보기보다 더 대담하구나.'

내심 감탄하며 그녀의 뒤를 따라 걷던 내가 살짝 당황했다.

채수빈이 DVD 방이 입점해 있는 건물이 아니라 그 옆 건물로 향했기 때문이었다. 그리고 그녀가 문을 열고 들어간 곳이 DVD 렌탈숍이란 사실을 확인하고 나서 내가 헛웃음을 터뜨렸다.

'제대로 오해했던 셈이네.'

DVD 렌탈숍으로 따라 들어가 보니 수빈이는 벌써 영화를 고른 상태였다. 고른 작품은 할리우드 고전 영화인 '바람과 함께 사라지다'였다.

"어디서 볼 거야?"

"집이요."

"내 집?"

"네. 선생님 집에 꼭 한번 가 보고 싶었거든요."

단단히 오해했다는 사실을 깨닫고 잠시 진정됐던 내 가슴이 다시 뛰기 시작했다.

그런 내 속마음은 전혀 모른 채 채수빈이 재촉했다.

"어서 가요."

"그래. 가자."

잠시 후, 집에 도착해서 채수빈과 함께 소파에 앉아서 영화를 보기 시작했다.

그리고 영화에 완전히 집중한 채수빈으로 인해 난 잡생각을 떨칠 수 있었다.

'바람과 함께 사라지다'를 이미 여러 차례 봤기에 난 영화에 집중하지 못했다.

'이토 겐지는 이제 어떻게 대응할까?'

내 생각이 또 다른 변종회귀자인 이토 겐지에게 미쳤다.

'이번에는… 운이 좋았어!'

이토 겐지는 방심하는 바람에 허를 찔렸다고 말했다.

즉, 그가 방심하지 않았다면 한류의 물꼬를 터 보지도 못했을 것이란 뜻이었다. 그리고 이건 끝이 아니라 시작이었다.

앞으로도 이토 겐지는 계속 날 방해할 것이었다.

그런 내 눈에 DVD 렌탈숍에서 빌려 온 DVD 케이스가 들어왔다.

'어?'

그리고 DVD 케이스가 눈에 들어온 순간, 내 머릿속에 하나의 생각이 섬광처럼 스치고 지나갔다.

*   *   *

늦은 밤, 난 SB컴퍼니를 방문했다.

낮이 아니라 밤에 방문한 이유.

신세연이 퇴근할 때까지 기다렸기 때문이었다.

자고로 선물은 깜짝 선물일 때 더 기쁘고 감동이 배가되는 법.

그래서 중광토건과 관련된 일은 신세연의 귀에 들어가지 않게 하자고 나와 백주민이 이미 합의한 후였기 때문에 그녀가 퇴근한 후 밤에 만난 것이었다.

"여기 중광토건에 관한 자료입니다."

"어떻습니까?"

"쓰레기입니다."

백주민은 그 어느 때보다 의욕적으로 이번 일에 임하고 있었다. 그리고 신세연이 중광토건에서 근무할 당시 성희롱을 당했던 것으로 인한 분노 때문일까.

그의 표현은 무척 거칠었다.

하지만 난 그런 백주민을 탓하지 않았다.

중광토건에 대한 자료를 대충 살핀 후, 백주민이 좀 전에 사용했던 쓰레기라는 표현이 절대 과한 표현이 아니란 사실을 알게 됐기 때문이었다.

"붕괴 사고도 있었네요."

내가 눈살을 찌푸린 채 말했다.

중광토건에서 시공했던 구립 체육관 공사 현장에서 붕괴 사건이 발생했던 것을 확인했기 때문이었다.

'뉴스에서 봤던 것 같은데.'

예전에 이 붕괴 사고에 관한 뉴스를 봤던 기억을 어렴풋이 떠올렸을 때, 백주민이 부연했다.

"완공을 앞두고 마무리 작업 도중에 붕괴 사고가 발생했습니다."

"인명 피해는 없었습니까?"

"마무리 작업을 하고 있던 인부 중 세 명이 사망했고, 일곱 명이 다쳤습니다."

이 정도면 인명 피해 규모가 꽤 큰 편이었다.

그래서 내가 표정을 굳혔을 때, 백주민이 덧붙였다.

"그나마 다행이었습니다."

"무슨 뜻입니까?"

"만약 체육관이 완공되서 학생들이나 시민들이 사용하고 있을 때 붕괴 사고가 발생했다면 훨씬 더 많은 인명 피해가 있었을 테니까요."

백주민의 말이 일리가 있다고 생각했을 때, 그가 언성을 높였다.

"총체적인 난국이란 표현이 딱 적당합니다. 입찰 과정부터 공사 과정까지 온갖 편법과 불법이 판을 쳤거든요. 우선 입찰 과정을 살펴보면 경쟁 입찰이라고 돼 있었지만, 중광토건이 단독 입찰을 했습니다."

"공사 수익이 나지 않아서 경쟁이 적었던 겁니까?"

"그건 아닙니다. 국가에서 발주하는 공사만큼 시공 업체가 많은 이윤을 남길 수 있는 공사는 없으니까요."

"그런데 왜 다른 업체들은 입찰에 참여하지 않았던 겁니까?"

"참여하지 않았던 게 아니라 못 한 겁니다."

"……?"

"입찰 과정에서 규정이 여러 차례 바뀌었거든요. 중광토건에 유리하도록, 아니, 오직 중광토건만 입찰할 수 있도록 계속 조건이 바뀌었죠."

"그 말씀은… 윗선에 공모자가 있다는 뜻이군요."

"네."

"그게 누굽니까?"

"하병일 의원입니다. 한남시 국회의원이죠."

정치인이 뒷배라는 사실을 알게 된 내가 눈살을 찌푸린 채 물었다.

"당시 붕괴 사고가 발생했을 때 인명 피해도 많이 있었는데 중광토건 대표가 처벌은 제대로 받았습니까?"

"그럴 리가요. 중광토건 이경호 대표는 아무런 처벌을 받지 않았습니다."

"왜죠?"

"하청과 재하청 업체에 모든 책임을 떠넘겼습니다. 그리고 그 후에도… 여전히 잘 먹고 잘살고 있습니다."

'문제가… 아주 많네.'

내가 짤막한 한숨을 내쉬었을 때, 백주민이 덧붙였다.

"더 어이가 없는 게 뭔지 아십니까? 중광토건이 당시에 아무런 제재도 받지 않았을 뿐만 아니라 그 후에 더 많은 관급 공사들을 따냈다는 겁니다. 제가 알아본 결과, 핵심 인물은 셋입니다. 하병일, 이경호, 그리고 장정우입니다."

'장정우?'

핵심 인물 세 명의 이름을 듣고 난 후 내가 눈매를 좁혔다.

장정우란 이름을 들어 본 기억이 있어서였다.

'누구더라?'

그리고 얼마 지나지 않아서 난 장정우에 대한 기억을 떠올리는 데 성공했다.

'재정국 차관 장정우!'

IMF 사태의 주모자 중 한 명이었던 장정우의 이름을 여기서 듣게 될 줄은 몰랐기에 내가 물었다.

"재정국 차관 장정우를 말씀하시는 겁니까?"

"재정국 차관으로 근무하다가 퇴직했습니다. 지금은 하나철강 대표입니다."

"하나철강 대표요?"

장정우가 하나철강 대표가 됐다는 사실을 뒤늦게 알게 된 내가 두 눈을 빛냈다.

내 기억 속 장정우는 두정식품의 기술을 빼앗아 식품 회사 대표로 자리를 잡은 후, 사업 영역을 넓히며 승승장구했다.

그렇지만 내가 관여하면서 그의 인생 항로가 바뀐 셈이었다.

'하나철강이라. 어떤 회사인지는 정확히 몰라도 장정우가 대표로 있으니까 제대로 된 회사는 아니겠구나.'

내가 속으로 생각하며 질문했다.

"장정우는 어떤 역할을 했습니까?"

"중광토건에 자재를 공급했습니다. 그리고 재정국에서 고위직으로 근무했으니 공무원들과 커넥션이 있을 겁니다. 아마 중광토건이 붕괴 사고를 일으켰음에도 불구하고 계속 관급 공사를 따낼 수 있었던 데는 장정우가 어떤 역할을 했을 겁니다."

'이거… 재밌네.'

내가 자세를 고쳐 앉았다.

원래 계획은 중광토건을 박살 내는 것이었다.

그런데 중광토건에 대해서 조사하다 보니까 엉뚱하게도 전 재정국 차관 장정일과 나라 바로세우기 모임 멤버인 하병일의 이름이 함께 튀어나왔다.

'조사해 볼 가치가 있겠어.'

내가 속으로 생각하면서 백주민에게 물었다.

"앞으로 어떻게 하실 생각입니까?"

"중광토건에 대해서 조사를 하다가 재밌는 걸 하나 발견했습니다."

"재밌는 거라면?"

"중광토건이 한남시에서 주도하는 신도시 개발 사업에 입찰했습니다."

"규모는요?"

"5,000세대 규모입니다."

"꽤 큰 규모의 개발 사업이네요. 그래서 중광토건이 입찰권을 따냈습니까?"

"네."

"이번에도 하병일이 뒤를 봐준 건가요?"

"그렇습니다."

"또 어느 업체가 참여합니까?"

"다른 업체는 참여하지 않습니다. 중광토건이 단독으로 입찰을 따냈고 공사도 독점합니다."

'심하네.'

5,000세대 규모의 아파트 공사라면 여러 건설 업체들이 컨소시엄을 구축해서 공사에 들어가는 것이 일반적이었다.

그런데 이미 한 차례 붕괴 사고를 일으켰던 적이 있는 중광 토건이 단독으로 공사를 따냈다는 것이 너무 심하단 생각이 든 것이었다.

"제가 재밌다고 한 건 투자 업체입니다."

"투자 업체요?"

"민간 투자 사업이라서 저도 투자를 해 보려고 시도했는데… 실패했습니다."

"너무 늦었습니까?"

"그건 아니었습니다. 투자자를 유치한다는 공고가 나오자마자 바로 신청했거든요. 그런데 이미 투자 유치가 마감됐다고 했습니다."

"그 말씀은……?"

"투자 유치 공고는 말 그대로 형식적인 절차였던 것 같습니다. 이미 내정된 투자자들이 있었던 거죠."

"그들이 누굽니까?"

"모릅니다."

"모른다?"

"법인이라는 것까지만 알아냈습니다. 법인명은 '유일컨설턴트'입니다."

'여기까지!'

백주민이 알아낼 수 있는 한계가 여기까지라는 판단을 내린 내가 입을 뗐다.

"나머지는 제가 알아보겠습니다."

"부탁드리겠습니다."

"백주민 씨."

"네?"

"제가 지금까지 본 모습 중에 가장 의욕이 넘치는 것 같습니다."

"그런… 가요?"

"네. 신세연 씨와 연관된 일이기 때문이겠죠?"

"꼭 그 이유 때문만은 아닌 것 같습니다. 그냥… 돈을 벌기 위해서 투자를 할 때와는 기분이 좀 다릅니다."

"……?"

"어떻게 보면 저는 특별한 혜택을 받은 셈인데 그 혜택을 이용해서 돈을 벌어서 내 배를 불리는 것에만 쓰는 것에 조금 미안한 마음을 갖고 있었습니다. 그런데 이번 일을 조사하다 보니까 조금 보람찬 일을 할 수도 있겠다는 생각이 들었습니다. 그래서 의욕적으로 임하게 되는 것 같습니다."

백주민의 대답을 들은 내가 천천히 고개를 끄덕였다.

다른 사람이라면 방금 그가 꺼낸 말이 이해가 가지 않았으리라.

하지만 나는 백주민과 마찬가지로 회귀자였기 때문에, 방금 그가 했던 말이 공감되고 이해가 갔다.

"이래서 신세연 씨가 백주민 씨에게 반한 것 같습니다."

"네?"

"멋있다는 뜻입니다."

*　　　　　*　　　　　*

이토 겐지가 오치아이 미디어 대표인 고바야시 야로를 노려보았다.

"이 정도면… 괜찮은 제안을 한 셈인 것 같은데요?"

"내 입장에서는 아주 좋은 제안이라는 것 정도는 알고 있소."

"그런데도 제안을 거절하시겠다는 겁니까?"

"그렇소."

"제안을 거절하는 이유가 뭡니까?"

"난 사업가요. 한국 드라마에 대한 일본 내 수요가 빠르게 늘어나고 있다는 것을 확인했기 때문에 수익성이 충분하다고 판단했소. 그런데 수익성이 있는 사업을 포기할 이유가 없지 않소?"

"대일본제국을 위한 일이라고 말씀드렸습니다."

이토 겐지가 재차 강조했지만, 고바야시 야로는 코웃음을 쳤다.

"혼자 애국자인 척하지 맙시다."

"……?"

"나도 일본이라는 이 나라를 위해서 일하고 있으니까. 열심히 사업해서 돈 많이 벌고 세금도 많이 내는 것, 그게 진짜 애국 아니겠소?"

고바야시 야로와 대화를 나누던 이토 겐지가 미간을 찌푸렸다.

'뭐가 중요한지 전혀 모르는 자!'

이런 생각이 들어서 짜증이 와락 치밀었기 때문이었다.

마음 같아서는 협박을 하거나 약점을 잡아서라도 고바야시 야로에게서 지분을 빼앗아 오고 싶었다.

그렇지만 이토 겐지가 뒷조사를 해 본 결과, 고바야시 야로는 협박이 통하는 자가 아니었다.

또, 마땅한 약점도 없는 자였다.

'운이 좋았군!'

잠시 후 이토 겐지가 떠올린 생각이었다.

서진우가 수많은 일본 내 미디어 관계자들 중 고바야시 야로와 접촉한 것.

그리고 고바야시 야로가 대표로 있는 오치아이 미디어의 지분을 매입한 것.

운이 좋았다는 생각이 들었다.

그렇지만 이토 겐지는 이내 고개를 가로저었다.

'알아본 거야.'

단순히 서진우의 운이 좋았던 것이 아니라 그가 미리 철저하게 조사를 거친 후에 고바야시 야로를 적임자라고 판단하고 접근했을 거라고 생각이 바뀌었기 때문이었다.

"더 하실 말씀이 남았소?"

이 만남이 내키지 않았기 때문일까.

고바야시 야로는 불쾌한 기색을 감추지 않은 채 물었다.

"더 할 말 없습니다."

고바야시 야로의 마음을 돌리는 것이 불가능하다는 것을 확인한 상황.

더 여기서 머물며 시간 낭비를 할 필요는 없다는 결론을 내린 이토 겐지가 미련 없이 일어섰다.

오치아이 미디어를 나온 이토 겐지가 찻집으로 향했다.

녹차 한 잔을 시켜서 다 비웠을 때, 한 남자가 들어섰다.

남자의 이름은 나오키 요시노리.

야쿠자 조직 중 하나인 키즈나카이의 두목이었다.

"면목 없습니다."

나오키 요시노리가 사과한 순간, 이토 겐지가 말했다.

"난 사과를 좋아하지 않습니다."

"……?"

"끝까지 책임지고 마무리는 짓는 걸 좋아하죠."

"네."

"한 번 더 기회를 드리겠습니다. 만약 이번에도 실패하면…

키즈나카이는 심각한 자금난에 처하게 될 겁니다."

이토 겐지가 나오키 요시노리와 손을 잡은 이유.

그의 반골 기질과 야심 때문이었다.

그리고 일본의 밤을 접수하겠다는 커다란 야심을 갖고 있는 나오키 요시노리 입장에서 이토 겐지는 절대 버릴 수 없는 카드였다.

자금과 연줄을 두루 갖추고 있었으니까.

"이번에는 절대 실패하지 않을 것입니다."

굳은 표정으로 각오를 밝히는 나오키 요시노리에게 이토 겐지가 명함을 건넸다.

"이리로 연락하면 도움을 줄 겁니다."

"알겠습니다."

"그럼 또 봅시다."

"다음에는 좋은 소식을 갖고 찾아뵙겠습니다."

나오키 요시노리가 떠나고 난 후 혼자 남겨진 이토 겐지가 차갑게 식은 녹차를 마저 마셨다.

'내키지 않아!'

이미 한 차례 서진우를 제거하려는 시도를 했었다.

그것도 자신의 안방이라 할 수 있는 일본에서 그를 제거하려는 시도를 했음에도 불구하고 그 시도는 실패로 돌아갔다.

그런데 한국에서 서진우를 제거하는 것은 더 어려울 터.

하지만 서진우가 계속 활개 치도록 가만히 내버려 둘 수는 없었다.

그리고 고바야시 야로를 만나고 난 후, 이토 겐지는 결심을 굳혔다.

서진우가 매입한 오치아이 미디어의 지분을 다시 가져오기로.

그것을 위해서 이토 겐지가 세운 계획은 서진우가 가장 소중하게 여기는 사람을 이용하는 것이었다.

스윽.

이토 겐지가 품속에서 사진을 꺼냈다.

사진 속 서진우와 채수빈이라는 신인 여배우가 팔짱을 끼고 있는 모습을 지켜보던 이토 겐지가 싸늘한 미소를 지은 채 혼잣말을 꺼냈다.

"이건 전부 네가 자초한 일이야."

*   *   *

"수고하셨습니다."

화보 촬영을 마친 채수빈이 꾸벅 고개를 숙이며 인사했다.

"수빈 씨도 고생했어요."

"별말씀을요."

"내가 이쪽 일 한 지 이십 년인데… 수빈 씨는 분명히 크게될 거야. 따로 배운 것도 아닌데 표정과 포즈가 다 좋았어요."

"감사합니다."

스태프들과 인사를 나눈 채수빈이 매니저인 오진규와 함께 차에 탔다.

"힘들었지?"

"아니에요. 재밌었어요."

"고생했다. 밥부터 먹을래?"

"아니요. 밥은 집에 가서 먹을게요."

"그래. 그럼 집으로 출발할게."

"네."

"피곤할 텐데 가는 동안 눈 좀 붙여."

오진규가 운전을 시작했다.

긴장이 풀리며 피곤함이 밀려들었기에 채수빈이 의자에 등을 묻고 눈을 감았다.

그렇지만 잠들지는 못했다.

'꼭 꿈을 꾸는 것 같네.'

서진우를 처음 만났을 때가 기억이 났다.

엄마가 새로운 과외 선생님이라며 서진우를 데려와 소개하는 것을 듣고 호기심이 생기긴 했지만, 큰 의미는 두지 않았다.

어차피 다른 과외 선생님들처럼 금방 포기하고 그만둘 것이라 짐작했기 때문이었다.

하지만 채수빈의 짐작은 빗나갔다.

서진우는 끝까지 포기하지 않았고, 덕분에 채수빈은 대학생이 됐다.

그것도 무려 한국대학교에 입학했다.

그리고 아직 끝이 아니었다.

막연히 연예인이 되고 싶다는 꿈을 갖고만 있었는데.

서진우는 그 꿈을 현실로 만들어 주었다.

잠시 후 채수빈의 기억은 서진우의 집에서 함께 영화를 보던 순간으로 치달았다.

'뭘 봤는지 기억이 하나도 안 나네.'

애써 담담한 척했지만 채수빈은 잔뜩 긴장한 상태였다.

그래서 서진우와 함께 봤던 영화의 내용은 거의 기억에 남아 있지 않았다.

소파에 함께 앉아서 영화를 보던 서진우의 체취와 숨소리, 그리고 따뜻한 손의 감각만이 기억에 남았다.

'좋았어!'

그 기억이 워낙 좋았기에 채수빈의 뺨이 홍조로 물들었을 때였다.

끼이익.

오진규가 갑자기 급브레이크를 밟았다.

Chapter. 2

쿵.

급브레이크를 밟는 소리에 이어서 충돌음이 들렸다.

깜짝 놀란 채수빈이 감았던 눈을 뜬 순간, 운전석에 앉아 있던 오진규가 재빨리 고개를 돌리며 물었다.

"수빈아, 괜찮아?"

"네. 괜찮아요. 그런데 무슨 일이에요?"

"갑자기 앞차가 급브레이크를 밟는 바람에 추돌 사고가 났어. 여기 앉아 있어. 사고 수습 좀 하고 올게."

비상 깜빡이를 켠 후 차에서 내린 오진규가 멈춰 서 있는 앞차를 향해 다가갔다.

채수빈의 눈에 앞차의 운전자가 운전석 창문을 내리는 것이 보였다.

오진규가 상대 차량 운전자와 대화를 시작할 때, 운전석 창문에서 불쑥 튀어나온 손이 오진규의 머리채를 휘어잡고 끌어당겼다.

그리고 뒤이어 오진규가 바닥에 쓰러지는 것이 보였다.

"오빠!"

예기치 못한 상황에 채수빈이 당황한 순간, 앞차의 운전석과 조수석, 그리고 뒷좌석 문이 열리고 체구가 건장한 남자들이 내렸다.

그리고 채수빈이 타고 있는 차량으로 다가오기 시작할 때, 오진규가 필사적으로 기어서 운전석에서 내린 남자의 바짓가랑이를 움켜잡았다.

"안 돼!"

하지만 바짓가랑이를 움켜쥔 손에는 힘이 제대로 들어가지 않았고, 남자는 오진규의 손을 털어 낸 후 구둣발로 힘껏 얼굴을 걷어찼다.

"컥!"

오진규가 의식을 잃은 순간, 채수빈이 재빨리 안전벨트를 풀었다. 그리고 운전석으로 자리를 옮겼다.

'여길 빠져나가야 해!'

본능적으로 이들이 노리는 것이 자신이란 사실을 깨달은

채수빈이 가속 페달에 발을 올렸을 때였다.

덜컥.

운전석 문이 열렸다.

'문부터 잠갔어야 했는데.'

자신의 실수를 깨달은 채수빈이 자책했을 때, 운전석 문을 연 남자가 말했다.

"비키세요."

*   *   *

한남시 신도시 개발에 참여한 '유일컨설턴트'라는 법인에 대해서 알아보기 위해서 난 채동욱 대표를 찾아갔다.

채동욱 대표라면 '유일컨설턴트'라는 법인에 대해서 알아낼 수 있을 것이란 생각이 들어서였다.

그런 내 예상대로였다.

"'유일컨설턴트'는 부동산 투자 업체더군. 새로 생긴 투자 업체인 것 같은데… 대표는 내가 알고 있는 사람이었어."

채동욱이 예약해 둔 식당에서 함께 저녁을 먹으면서 난 그의 이야기에 귀를 기울였다.

"누굽니까?"

"남승욱 대표."

'남승욱?'

내가 빠르게 기억을 더듬어 보았지만, 남승욱이란 이름을 들어 본 기억은 떠오르지 않았다.

"어떤 사람입니까?"

그래서 남승욱에 대해서 묻자, 채동욱이 대답했다.

"변호사 겸 부동산 투자 전문가야. '유일컨설턴트' 이전에 몇 군데 부동산 투자 회사의 대표를 맡아서 큰 수익을 거뒀던 자이지."

"투자자로서 능력이 뛰어난 겁니까? 아니면, 편법을 사용하는 겁니까?"

"전자였다면… 이미 내가 회사로 영입했겠지."

"그럼 부동산 투자 과정에서 편법을 사용해서 큰 수익을 거둬 왔다는 뜻이로군요."

"맞아."

"뒷배가 있겠네요?"

"그것도 맞네. 남승욱의 뒷배는… 홍정문 의원이네."

'또… 홍정문이네.'

채동욱의 입에서 홍정문의 이름이 흘러나온 순간, 난 두 눈을 빛내며 물었다.

"홍정문 의원과 하병일 의원의 관계는 어떻습니까?"

"원래 가까운 사이였지만, 최근 들어 더 돈독해졌네."

'이번 한남시 공사에 홍정문이 관여했다?'

내가 빠르게 추측했을 때, 채동욱이 우려 섞인 표정으로 다시 입을 뗐다.

"서 선생이 무슨 이유로 '유일컨설턴트'에 관심을 갖게 됐는지는 모르겠지만… 난 여기서 멈췄으면 하네."

"왜입니까?"

"너무 위험하기 때문이네."

"……?"

"홍정문 의원을 비롯한 실세 국회의원들을 상대해야 하네. 그 과정에서 서 선생이 다칠 가능성이 높아."

"하지만……."

"난 서 선생이 다치는 게 싫네."

'나쁘지… 않네.'

채동욱이 내 안위를 걱정해 주는 이유.

이전보다 훨씬 우리 관계가 깊어졌기 때문이란 사실을 모를 정도로 내가 눈치가 없지는 않았다.

그렇지만 채동욱의 바람대로 여기서 멈출 수는 없었다.

중광토건 이경호 대표는 물론이고, 홍정문과 장정우가 이번 일에 얽혀 있다는 사실을 이미 알고 있기 때문이었다.

"저는 여기서 멈출 수가 없습니다."

"끝까지 가겠다?"

"네."

"후우."

채동욱이 한숨을 내쉰 후 말했다.

"미안하지만… 내가 서 선생에게 해 줄 수 있는 건 정보를 주는 것뿐이네."

"이해합니다."

채동욱은 투자 회사 '밸류에셋'의 대표.

회사를 이끌어 가는 과정에서 정치인들 및 권력가들과 관계를 맺을 수밖에 없었다.

그러니 함께 싸워 주지 못하는 것은 어쩌면 당연한 일이었기에 그에게 서운한 마음은 들지 않았다.

"그거면 충분합니다."

그리고 내가 이해한다고 말하자, 채동욱 대표가 설명을 시작했다.

"한남시 신도시 개발 공사는 갑자기 진행된 사업이야. 시작은 농어촌 공사의 이전이었지. 농어촌 공사가 대전으로 이전을 결정하면서, 그 부지를 구입했던 것이 바로 '유일컨설턴트'야. 당시만 해도 그 부지는 개발이 불가능한 그린벨트로 묶여 있었어. 그래서 '유일컨설턴트'는 헐값에 부지를 매입했는데, '유일컨설턴트'가 부지를 매입하고 얼마 지나지 않은 시점에 부지의 용도가 변경됐어."

"그린벨트가 해제됐다는 뜻이로군요."

"맞아. 부지 용도가 주거지로 변경됐지."

"한남시 국회의원인 하병일이 힘을 썼겠군요."

"그래. 뭔가 받기로 약속했겠지."

"너무 티가 많이 나는 것 같은데요?"

내 질문에 채동욱이 고개를 끄덕였다.

"그쪽도 눈치는 봤더라고."

"눈치를 봤다는 것은 무슨 뜻입니까?"

"명분을 만들기 위해서 나름대로 노력했더라고."

"명분이라면……?"

"아까 말했던 농어촌 공사에서 한남시로 계속 공문을 보냈어. 그린벨트를 해제하고 주거지로 용도를 변경해 달라고."

"이유는요?"

"농어촌 공사 직원들 기숙사를 짓고 싶다고 했다는군."

"하지만… 농어촌 공사는 대전으로 이전했지 않습니까?"

"맞아. 이전했지. 그리고 기숙사를 짓기 위해서 삽도 한 번 뜨지 않았지."

"그럼… 농어촌 공사도 연관이 돼 있는 겁니까?"

"아마도. 공기업인 농어촌 공사 사장의 꿈이 국회의원이라는 소문은 들었네."

'이제 윤곽이 선명해지네.'

한남시에 위치해 있던 농어촌 공사의 이전이 결정된 순간, 신도시 개발 프로젝트가 출범했을 것이었다.

'유일컨설턴트'는 그린벨트로 묶여 있던 농어촌 공사 부지를 헐값에 매입했고, 그 후 농어촌 공사의 지원하에 부지 용도가 주거지로 변경되면서 땅값은 세 배 가까이 치솟았다.

이것만으로도 '유일컨설턴트'는 큰 수익을 올린 셈이었지만, 신도시 개발 공사가 완료되어 분양까지 마치면 고작 투자금의 세 배가 아니라 수십 배, 아니, 수백 배의 수익을 거둬들일 수 있었다.

그리고 이 과정에서 중광토건과 하나철강이 끼어들어 콩고물을 얻어 갈 것이었고.

'어디서부터 시작해야 하나?'

내가 고민에 잠겼을 때였다.

지이잉, 지이잉.

식탁 위에 올려 둔 휴대 전화가 진동했다.

"여보세요?"

─고병태입니다.

'블랙타이거 시큐리티' 대표인 고병태의 다급한 목소리를 들은 내가 서둘러 물었다.

"무슨 일 있습니까?"

─의뢰인이 공격받았습니다.

고병태가 직원인 서승화와 함께 경호를 맡고 있는 의뢰인은 채수빈이었다.

'수빈이가… 위험하다?'

고병태의 목소리가 이렇게 다급한 것.

아직 상황이 정리되지 않았다는 증거였다.

"어떤 상황입니까?"

─의뢰인이 타고 있던 차량이 국도변에서 검정색 승용차와 추돌했습니다. 의뢰인의 매니저가 사고 수습을 위해서 나섰다가 검정색 승용차에 타고 있던 괴한들에게 당했습니다. 위험을 감지한 제가 대신 운전대를 잡고 일단 현장을 빠져나왔고, 현재 추격당하고 있는 상황입니다.

"수빈이는요?"

─네?

"수빈이는 다친 곳이 없습니까?"

─현재까지는 괜찮습니다.

'후우!'

일단 안도의 한숨을 내쉰 내가 다시 물었다.

"현재 위치는요?"

─지금 막 평택에 진입… 크흑.

갑자기 전화가 끊어진 순간, 내가 자리에서 벌떡 일어났다. 그리고 다시 고병태에게 전화를 걸어 보았지만 연결되지 않았다.

"무슨… 일인가?"

백지장처럼 낯빛이 하얗게 질린 채 질문하는 채동욱을 발견한 내가 표정을 굳혔다.

'들었구나.'

수빈이의 상태를 질문하는 통화 내용을 들었기 때문에 채동욱이 당황한 것임을 짐작한 내가 말했다.

"수빈이가 위험에 처한 것 같습니다."

"그게 무슨……?"

"길게 설명드릴 시간이 없습니다. 지금 바로 가 봐야겠습니다."

"같이 가세."

"네?"

"나도 같이 가겠다고."

"알겠습니다."

재빨리 내려간 내가 주차장에 세워 뒀던 차에 올라탔다. 그리고 바로 주차장을 빠져나오면서 조동재에게 전화를 걸었다.

─후배님, 무슨 일이야?

"부탁 하나만 드리겠습니다."

─부탁?

"길게 설명해 드릴 시간이 없습니다. 평택 진입하는 국도에서 차량 사고가 있었을 겁니다. 정확한 위치를 알아내서 좀 알려 주시겠습니까?"

─어지간히 급한 일인가 보네. 알았어. 알아보고 다시 연락하지.

일단은 평택 쪽으로 운전하며 내가 채동욱에게 간략하게 설명을 시작했다.

"얼마 전에 일본 출장을 갔다가 습격을 받은 적이 있습니다."

"서 선생이 습격을 받았다고?"

"네. 야쿠자의 소행이었습니다."

"야쿠자? 대체 그들이 왜……?"

"저를 눈엣가시처럼 여기는 자가 있습니다."

"그게 누군가?"

"대표님도 알고 있는 자입니다. 이토 겐지."

내가 이토 겐지의 이름을 입 밖으로 꺼내자, 채동욱이 두 눈을 부릅떴다.

"그자가 왜 서 선생을……?"

"이유는 나중에 설명드리겠습니다. 그 일이 있고 난 후 어쩌면 이토 겐지가 제 주변 사람들을 해치려 들 수도 있다는 생각이 들었습니다. 그래서 '블랙타이거 시큐리티'라는 경호 업체와 계약을 체결하고 주변 사람들에게 경호를 붙여 두었습니다."

"그럼 우리 수빈이에게도 경호원을 붙여 두었던 건가?"

"네. 아까 저와 통화했던 사람이 수빈이의 경호원입니다."

채수빈에게 경호원을 붙여 두었다는 사실을 알고 채동욱이 안도의 한숨을 내쉬었다.

그때, 휴대 전화가 진동했다.

"알아내셨습니까?"

─18번 국도에서 교통사고 신고가 접수됐다는 것 확인했

어. 자세한 위치는 문자로 보낼게.

"감사합니다."

—무슨 일인지는 몰라도… 경찰도 그쪽으로 출동하라고 지시했으니까 괜찮을 거야.

"네. 괜찮아야 할 겁니다."

이를 악물고 대답한 내가 가속 페달을 밟으며 덧붙였다.

"수빈이가 괜찮지 않으면… 전쟁이 시작될 거니까요."

＊　　　　＊　　　　＊

"크흑!"

운전대에 머리를 부딪치고 잠시 의식을 잃었던 고병태가 의식을 되찾은 후 우선 상황을 떠올렸다.

'서진우와 통화를 하던 중에 옆에서 달려온 트럭과 부딪쳤어.'

4차선 도로에서 신호를 위반하고 빠르게 달려온 트럭과 부딪치면서 의식을 잃었던 것까지 기억해 낸 고병태가 금가고 깨진 앞 유리창을 통해 상황을 살폈다.

'상일이구나!'

서진우에게 전화하기 전, 고병태는 공격받고 있다는 사실을 직원들에게 공유했다. 그래서 근처에 있던 '블랙타이거 시큐리티' 직원들이 늦지 않게 도착해서 정체불명의 괴한들을 상대하고 있는 것이었다.

"으으!"

그때 작은 신음 소리가 들렸다.

그 신음 소리를 듣고서야 의뢰 대상인 채수빈에게 생각이 미친 고병태가 재빨리 고개를 돌렸다.

"괜찮습니까?"

"네. 괜찮은 것 같아요."

'다행히 큰 외상은 없구나.'

고병태가 채수빈의 상태를 확인하고 안도의 한숨을 내쉬었을 때, 그녀가 물었다.

"그런데… 누구세요?"

"저는 서진우 씨에게 의뢰를 받아서 채수빈 씨의 경호를 맡고 있는 고병태라고 합니다."

"선생님의 지시를 받고요?"

"네."

"아!"

"일단 여기서 나가시죠."

트럭에 부딪히며 차량은 뒤집힌 상태였다.

퍽, 퍽.

고병태가 발로 걸어차서 고장 난 운전석 쪽 문을 여는 데 성공하고 차량에서 몸을 빼냈다. 그리고 뒷좌석 문을 통해서 채수빈을 빼내는 데 성공한 후 재빨리 상황을 살폈다.

'더 늘었네.'

처음 접촉 사고가 났을 때 등장했던 괴한의 수는 넷이었다.

그중 둘을 서승화가 상대했었고.

그런데 지금은 괴한의 수가 줄어들긴커녕 더 늘어 있었다.

눈에 보이는 숫자만 열.

바닥에 쓰러져 있는 자들의 숫자까지 합치면 열다섯에 가까웠다.

'작정하고 찾아왔구나.'

고병태가 속으로 판단하면서 판세를 정확히 읽기 위해서 애썼다.

너무 늦지 않게 도착한 '블랙타이거 시큐리티' 요원들의 수는 넷.

그중 한 명은 부상을 입고 쓰러져 있었지만, 나머지 셋은 멀쩡했다.

"대장님, 괜찮으십니까?"

한상일이 특수 제작한 삼단봉을 꼬나쥔 채 던진 질문에 고병태가 대답했다.

"난 멀쩡해."

"맘 푹 놓고 지켜보세요."

왜애앵, 왜애앵.

그때 경찰차 사이렌 소리가 멀리서 들려오기 시작했다.

'진짜… 끝났군!'

경찰차 사이렌 소리가 가까워지자, 괴한들이 눈에 띄게 동요하기 시작했다.

그 모습을 확인한 고병태가 이제 진짜 상황이 수습됐다고 판단하며 안심했을 때였다.

부우웅.

요란한 배기음을 내며 세단 한 대가 도착했다.

잠시 후, 경찰차 한 대도 현장에 도착했다.

"무기 버려!"

서로 대치하고 있는 '블랙타이거 시큐리티' 요원들과 괴한들을 확인한 경찰관 두 명이 차에서 내리며 소리쳤다.

괴한들이 서로 눈치를 살피며 망설일 때였다.

타앙, 타앙.

적막을 깨는 총소리가 울려 퍼졌다.

잠시 후 두 명의 경찰관들이 총상을 입고 바닥에 쓰러지는 것을 확인한 고병태가 본능적으로 채수빈을 당기며 차 뒤로 몸을 숨겼다.

"이런 미친!"

대한민국은 총기 소지가 허용되지 않는 국가였다.

그래서 괴한들이 권총을 소지하고 있을 거라고는 꿈에도 예상치 못했다.

더구나 권총을 공권력을 상징하는 경찰관들에게 발포할 거라고는 더욱더 예상하지 못했기에 당혹스러웠다.

타앙, 타앙.

그사이에도 계속 총성이 울려 퍼졌다.

요원들의 상태가 걱정됐기 때문에 고개를 들어서 주변을 살피던 고병태의 두 눈에 불똥이 튀었다.

한상일과 한 조를 이룬 요원인 김민철이 총에 맞아 쓰러져 있는 모습을 확인했기 때문이었다.

후우, 후우.

고병태가 가쁜 숨을 몰아쉬었다.

마음 같아서는 경찰관들과 '블랙타이거 시큐리티' 요원들에게 총격한 자를 찾아가서 요절을 내고 싶었다.

그렇지만 고병태는 애써 분노를 눌렀다.

가장 중요한 것은 의뢰 대상자의 안전이었기 때문이었다.

'어떡해야 하나?'

고병태가 빠르게 생각을 이어 나갔다.

저벅저벅.

그사이 발걸음 소리가 가까워졌다.

퍽.

고병태가 차량 백미러를 주먹으로 후려쳤다.

거울이 박살 난 순간, 고병태가 바닥에 떨어진 거울 조각 중 하나를 집어 들었다.

스윽.

거울 조각을 살짝 들어 올려서 주변을 살피자 권총을 손에 든 자가 숨어 있는 차량 쪽으로 다가오는 것이 보였다.

'중심을 무너뜨린다.'

이대로 가만히 있다가는 권총을 가진 자에게 당할 수밖에 없는 상황.

고병태가 결심을 굳히고 특수 제작한 삼단봉을 꺼냈다.

챠르륵.

삼단봉이 펼쳐진 순간, 고병태가 벌떡 일어나며 삼단봉을 휘둘렀다.

퍼억.

권총을 손에 든 채 다가온 자의 발목을 삼단봉이 강하게 때리자 차량 위로 올라왔던 사내가 중심을 잃었다.

퍽, 퍼억!

재차 삼단봉을 휘둘러서 사내를 제압하는 데 성공한 순간이었다.

타앙.

총성이 울려 퍼졌다.

'하나가… 아니었어?'

왼쪽 어깨 부근에 불에 덴 듯한 열기가 느껴졌다.

권총을 소지한 자가 한 명이 아니라는 사실을 뒤늦게 깨달은 고병태가 이를 악물고 고개를 돌렸다.

스윽.

자신의 머리를 노리고 겨눠진 권총의 총구를 확인한 고병태가 괴성을 내질렀다.

"으아아악!"

'설령 총상을 입더라도 권총을 겨누고 있는 자를 처리해야만 살아남은 요원들이 채수빈을 보호할 수 있다.'

이렇게 판단을 내렸기 때문에 그가 이를 악물고 전진했다.

타앙!

콰앙!

다시 총구에서 불이 뿜어져 나온 것과 거센 충돌음이 발생한 것은 거의 동시였다.

순간 권총을 손에 쥔 괴한이 어디선가 달려온 각그랜저에 치여 허공에 붕 떠올랐다가 의식을 잃고 쓰러지는 모습이 고병태의 눈에 들어왔다.

'됐다!'

이걸로 권총을 소지한 자들은 모두 처리했다는 생각이 들어서 안도의 한숨을 내쉰 고병태의 눈에 각그랜저에서 운전석 문을 열고 내리는 서진우의 모습이 들어왔다.

지금껏 한 번도 본 적 없는 싸늘한 표정을 짓고 있는 서진우의 손에는 목검 한 자루가 들려 있었다.

칼과 손도끼로 무장하고 있는 괴한들을 상대하기에 서진우의 손에 들려 있는 목검은 너무 약해 보였다.

그렇지만 고병태는 잘 알고 있었다.

저 약해 보이는 목검이 서진우의 손에 들려 있을 때는 얼마나 가공할 만한 무기가 되는가를.

또 서진우가 얼마나 강한가를.

'이제… 진짜 안심해도 되겠네.'

서진우의 등장으로 인해 긴장이 풀리고 나자 비로소 총을 맞은 어깨에서 통증이 느껴지기 시작했다.

"괜찮으세요?"

채수빈이 걱정스러운 표정을 지은 채 던진 질문에 고병태가 고개를 끄덕였다.

"별거 아닙니다. 그리고… 이제 안심하세요."

"……?"

"내가 알고 있는 가장 강한 남자가 당신을 도와주러 찾아왔거든요."

＊　　　　＊　　　　＊

콰앙!

타앙!

서진우가 운전하는 차량이 한 사내를 친 것과 그 사내의 손에 들려 있던 총구에서 불을 뿜은 것은 거의 동시였다.

'꼭… 영화를 보는 것 같군!'

그 순간 채동욱이 한 생각이었다.

끼이익, 덜컹.

급브레이크를 밟았던 차량이 멈춰 서며 크게 반동을 느낀 순간 채동욱의 현실 감각이 돌아왔다.

'죽었다!'

조금 전, 서진우가 가속 페달을 밟으며 속도를 끌어올려 차로 치어 버린 남자가 무조건 죽었을 거란 확신이 들었다.

그래서 놀란 표정을 지었던 채동욱이 뒷좌석에 놓여 있던 목검을 움켜쥐는 서진우에게 물었다.

"서 선생, 너무 심했던 것 아닌가?"

"대표님."

"응?"

"조금만 늦었다면 수빈이가 죽었을 겁니다."

그 대답을 들은 채동욱은 정신이 번쩍 들었다. 그리고 아까 남자의 총구가 향해 있던 방향을 바라보던 채동욱이 눈매를 좁혔다.

겁에 질린 채 떨고 있는 채수빈은 발견했기 때문이었다.

"잘했네. 그리고… 고맙네."

채동욱이 뒤늦은 감사 인사를 건넸지만, 그 감사 인사는 서진우에게 닿지 못했다.

목검을 움켜쥔 서진우가 이미 차에서 내린 후였기 때문이었다.

'많군!'

잠시 후 채동욱이 표정을 굳혔다.

단검과 손도끼로 무장한 괴한들이 열 명 가까이 있다는 사실을 확인했기 때문이었다.

달랑 목검 하나만 손에 든 채로 괴한들을 상대하기 위해 나서는 서진우가 무척 위태롭게 느껴졌다.

그래서 우려 섞인 시선을 던지던 채동욱이 뒤늦게 정신을 차렸다.

'수빈이!'

일단 채수빈의 안전을 확인하는 것이 급선무라 판단한 채동욱이 재빨리 차에서 내려서 달려갔다.

"수빈아!"

겁에 질려 떨고 있던 채수빈이 놀란 표정으로 자신을 바라보았다.

"아빠?"

"그래, 아빠야. 괜찮아? 어디 다친 데 없어?"

"괜찮아. 여기 이분이 지켜 주셨어."

왼쪽 어깨 부근이 피범벅이 된 고병태를 발견한 채동욱이 인사했다.

"감사합니다."

"아닙니다. 당연히 해야 할 일을 했을 뿐입니다."

"이게 대체 무슨 일인지……."

일단 채수빈이 다친 곳이 없다는 것을 확인한 채동욱이 서둘러 고개를 돌렸다.

서진우가 걱정됐기 때문이었다.

잠시 후, 채동욱이 두 눈을 부릅떴다.

퍽, 퍼억!

괴한들을 상대로 목검을 휘두르는 서진우의 모습을 뒤늦게 확인했기 때문이었다.

'잘… 보이지도 않아!'

채동욱이 두 눈을 부릅뜬 채 집중해서 바라보고 있음에도 서진우가 휘두르는 목검의 움직임이 눈에 보이지 않았다.

괴한들도 마찬가지일까.

서진우가 휘두르는 목검을 막거나 피하지 못했다.

'일격 필살!'

채동욱이 퍼뜩 일격 필살이란 사자성어를 떠올렸을 때, 고병태가 말했다.

"제가 그동안 알고 있었던 것은 빙산의 일각이었네요."

"……?"

"서진우 씨 말입니다. 아주 강한 남자라는 사실은 알고 있었지만, 제가 짐작했던 것보다 훨씬 더 강하네요. 진심으로 분노한 서진우 씨는 정말 강하군요."

고병태의 이야기를 들은 채동욱이 부지불식간에 고개를 끄덕였다.

'수빈이 때문이구나.'

아까 채수빈이 위험에 처했다는 사실을 자신에게 알려 주던 서진우는 마치 다른 사람처럼 변해 있었다.

'우리 수빈이를 끝까지 지켜 줄 수 있지 않을까?'

그런 생각에 서진우에 대한 호감이 더 깊어졌을 때였다.

퍼억!

서진우가 목검을 휘둘러 마지막 괴한을 쓰러뜨렸다.

*   *   *

"이 새끼들, 도대체 뭐 하는 새끼들이야?"

이청솔이 서슬 퍼런 기세로 소리를 질렀다. 그리고 그는 혼자서 찾아온 것이 아니었다.

쉰 명 가까운 검찰 수사관들을 대동한 채 찾아와 있었다.

'이 정도면 서부지검 수사관들을 모조리 끌고 온 것 아닌가?'

채동욱이 속으로 생각하며 천천히 고개를 끄덕였다.

'서 선생을 많이 아끼긴 하는군!'

이청솔이 이렇게 많은 수사관들을 대동한 채 직접 찾아온 것이 서진우를 많이 아낀다는 증거였다.

"채 대표님?"

"지검장님."

"많이 놀라셨죠?"

"수빈이가 무사해서 다행입니다."

"네. 따님이 많이 놀라셨을 텐데 집으로 모시겠습니다. 황수사관 차를 타시면 모서 드리겠습니다."

"감사합니다."

채동욱이 고개를 끄덕인 후 이청솔과 함께 서진우에게 다가갔다.

"서 선생."

"대표님, 면목 없습니다."

"서 선생이 면목 없을 일이 뭐가 있나?"

"하지만 수빈이가 저 때문에……."

"혹시 배후로 짐작 가는 사람이 있는가?"

"네."

"홍정문 의원입니다."

내가 망설이지 않고 꺼낸 대답을 들은 채동욱의 표정이 진중해졌다.

"확실한가?"

"네, 이걸 보십시오."

내가 휴대 전화를 내밀었다.

"이것은 제가 마지막으로 제압했던 자가 갖고 있던 휴대 전화입니다. 이 휴대 전화의 통화 목록을 살펴봤더니 홍정문 의원의 번호가 있었습니다."

난 이미 홍정문에 대해서 조사해 봤기에 그의 휴대 전화 번호를 알고 있었다.

그 점을 알려 주자 채동욱의 표정이 한층 심각해졌다.

그리고 역시 표정이 심각해진 이청솔이 끼어들었다.

"이게 홍정문 의원의 번호가 맞다고 해도… 이것이 그가 이번 사건과 연루됐다는 증거가 되긴 힘들어. 모르는 자라고 잡아뗄 테니까."

"알고 있습니다."

"그렇지만 이걸로 홍정문 의원이 관여했다는 것, 그리고 일본인들과 내통하고 있다는 것은 확실해졌군."

이청솔이 말을 마치자, 동의한다는 듯 고개를 끄덕이던 채동욱이 물었다.

"그럼 홍정문 의원이 내 딸을 해치라고 이자들에게 지시했다는 뜻인가?"

"아직 확실한 것은 없습니다. 다만 제 짐작이 맞다면… 수빈이를 해치기보다는 납치할 의도였던 것 같습니다."

"우리 수빈이를 납치하려 했다? 이유는?"

"거래를 할 생각이었던 것 같습니다."

"무슨 거래 말인가?"

난 그 질문에 답하는 대신에 아까 내가 차로 들이받았던 남자에게로 걸어갔다. 그리고 즉사한 남자의 지갑을 꺼냈다.

"아야시마 켄지, 이자의 이름입니다."

"그럼… 일본인인가?"

"네. 야쿠자일 확률이 높습니다. 권총을 소지하고 있었으니까요."

"권총?"

아야시마 켄지가 권총을 소지하고 있었다는 이야기를 들은 이청솔이 눈살을 찌푸리며 질문했다.

"정말 권총을 소지하고 있었나?"

"네."

"일본인이 한국에서 권총을 소지한 채 범죄 행위에 가담했다?"

이청솔이 분노를 표출한 순간, 내가 덧붙였다.

"경찰관에게 발포도 했습니다."

"사실… 인가?"

이청솔이 더욱 분노한 순간, 내가 정정했다.

"이들은 범죄 행위에 가담한 게 아닙니다."

"……?"

"주도했죠."

내 이야기를 들은 채동욱이 입을 뗐다.

"이토 겐지, 맞나?"

"네, 맞습니다."

"이토 겐지와 홍정문이 손을 잡고… 내 딸을 납치하려 했다?"

비로소 사태의 전말을 알게 된 채동욱이 덧붙였다.

"서 선생, 아까 내가 했던 말은 취소하지. 내 딸을 노리고 선전포고를 했는데… 가만히 당하고만 있을 수는 없으니까."

'싸움에 동참한다는 뜻이구나.'

채동욱은 내가 홍정문 의원과 대립각을 세우는 것을 우려했다.

하지만 그의 태도가 바뀐 이유는 딸인 채수빈이 위험한 순간에 처했던 것을 확인했기 때문이었다.

"내 도움이 필요하다면 언제든지 말하게."

"알겠습니다. 그리고 지금은 일단 집으로 가시죠. 수빈이가 많이 놀랐을 겁니다."

"그렇게 하지."

이청솔의 지시를 받은 수사관과 함께 채동욱이 채수빈이 먼저 떠난 후, 난 이청솔과 본격적으로 대화를 시작했다.

"아까 납치 미수일 거라고 추측했지?"

"네."

"거래를 원하기 때문일 거라고도 추측했고?"

"맞습니다."

"좀 더 자세히 말해 보게."

"오치아이 미디어란 회사가 있습니다."

"오치아이 미디어?"

"혹시 들어 보신 적 있으십니까?"

잠시 기억을 더듬던 이청솔이 고개를 가로저었다.

"처음 들어 보는 회사명이네."

"미디어 관련 일본 업체입니다. 제가 일본 출장을 갔을 때 오치아이 미디어의 지분을 매입했습니다. 그리고 이토 겐지는 제가 매입했던 오치아이 미디어의 지분을 포기하길 원하고 있을 겁니다."

"이유는?"

"오치아이 미디어를 통해서 한국 드라마가 일본 시장에 진출하는 것을 원치 않기 때문입니다."

"나로서는… 잘 이해가 안 가는군."

이청솔이 고개를 갸웃한 후 다시 질문했다.

"국수주의? 뭐 그런 건가?"

"비슷합니다."

이토 겐지는 일본에 한류 열풍이 부는 것을 바라지 않는 인물.

어떤 의미에서는 국수주의자에 가까웠다.

"자, 그럼 정리를 해 보자고. 이토 겐지는 자네가 오치아이 미디어의 지분을 매입해서 한국 드라마를 비롯한 문화 컨텐츠를 일본에 수출하는 것을 막고 싶어 해. 그래서 수빈이를 납치해서 자네가 갖고 있는 오치아이 미디어 지분과 맞바꾸는 거래를 할 계획이었다. 대충 맞아?"

"맞습니다."

"기가 막히는군."

이청솔이 진심으로 화가 난 표정으로 덧붙였다.

"쪽바리 새끼들이 남의 나라까지 건너와서 납치 시도를 하려 했고, 그 과정에서 경찰까지 총으로 쏘다니 어찌 기가 막히지 않을 수 있겠어? 그런데 내가 더 열받는 게 뭔지 알아? 이 나라에 쪽바리 새끼들이 설치고 다닐 수 있도록 돕는 자들이 있다는 거야. 그것도 한 나라의 국회의원이란 자가 말이야."

"지검장님."

"응?"

"이제 때가 된 것 같습니다."

"때가 되다니?"

의아한 표정을 짓고 있는 이청솔에게 내가 알려 주었다.

"주사위를 던질 타이밍이 됐다는 겁니다."

*　　　　*　　　　*

서부지검 검사장실.

"동재야."

이청솔이 뒷짐을 진 채 창밖을 바라보며 이름을 부르자, 조동재가 불퉁한 목소리로 대답했다.

"자꾸 잊으시는가 본데 저 이제 평검사 아니라 부장 검사입니다. 자꾸 그렇게 이름을 막 부르시면……"

"사표 써라."

"네?"

"사표 쓰라고."

이청솔이 몸을 돌리며 말하자, 조동재가 황당하단 표정을 지었다.

"부장 단 지 얼마나 됐다고 사표를 쓰라는 겁니까?"

"이제 때가 된 것 같다."

"무슨 때요?"

"지금보다 더 높이 올라가거나, 변호사 사무실 개업하거나. 둘 중 하나를 선택해야 할 때가 됐다는 뜻이야."

조동재가 마른침을 꿀꺽 삼키며 이청솔에게 질문했다.

"이제 한판 붙는 겁니까?"

"그래."

"소스는요?"

"부동산."

이청솔이 소파 상석에 앉은 후 서류철을 던졌다.

"읽어 봐."

조동재가 군말 없이 서류를 확인하던 중 두 눈을 빛냈다.

"이거… 뭡니까?"

"알아보겠어?"

"자세한 건 몰라도… '유일컨설턴트'라는 법인에게 아주 유리하게 판이 짜였다는 것을 알아볼 정도는 됩니다."

"그거면 됐어."

"네?"

"그게 핵심이니까."

"……?"

"한남시 국회의원이 하병일이야. 들어 봤지?"

"이래저래 소문 안 좋은 양반 아닙니까?"

"그래, 그 양반이 이번 한남시 신도시 사업을 설계했어."

"지검장님 말씀은 '유일컨설턴트'라는 법인과 하병일이란 양반이 돈독한 관계라는 뜻이죠?"

"우리 동재, 부장으로 커리어가 끝나기에는 아깝다."

"……?"

"눈치랑 실력만 놓고 보면 차장급이거든."

"그럼 지검장님이 끌어 주시든가요?"

"만약 이번 싸움에서 이기면 그깟 차장이 대수일까. 내가 책임지고 이 자리, 너한테 물려줄게."

"이거 전의가 확 타오르는데요. 그럼 아까 사표 쓰라고 말씀하신 건… 이 싸움에서 패할 경우를 대비하란 의미인가요?"

"그래. 이길 확률이 희박하거든."

"하병일 정도야……."

"하병일이 다가 아냐."

"그럼 또 누가 있습니까?"

"홍정문 의원이 진짜 상대야."

"여당 실세로 알려진 그 양반이요?"

"그래."

"이거 점점 더 재밌어지네요."

"장렬하게 전사하기 딱 좋은 판이 마련됐지."

"어차피 죽는 거라면… 장렬하게 전사하는 편이 낫죠."

조동재가 대답한 후 다시 서류로 시선을 던졌다.

"이대로 개발된다면… '유일컨설턴트'가 얻는 수익이 얼마나 될까요?"

"향후 부동산 가격이 어떻게 되는가에 따라 달라지겠지만… 최소 수백억은 될 거야."

"어마어마하네요."

"그게 끝이 아냐."

"……?"

"단독 시공을 맡는 중광토건과 자재를 공급하는 하나철강, 이 회사들도 엄청난 수익을 거둘 거야."

"날림 공사?"

"그래."

"이거 총체적 난국이네요. 그런데 문제는… 아직 삽도 뜨기 전이라 어디서부터 파고들어야 할지가 막막하네요."

"나도 그랬어. 그런데… 우리 후배님이 답을 알려 줬어."

"진우가요?"

"그래."

"어떤 답을 알려 줬는데요?"

이청솔이 대답했다.

"이게 처음이 아닐 거라고 하더라고."

＊　　　　　＊　　　　　＊

"내일 국가 대표 평가전 열리는 것, 알지?"

"축구도 보십니까?"

"국가 대표 경기는 챙겨 보는 편이지. 어쨌든… 평가전을 왜 하는지 알아?"

"본게임 앞두고 전술과 조직력을 점검하기 위해서 하죠."

"정답이야."

"그런데 갑자기 국가 대표 평가전 이야기는 왜……?"

"이게 본게임이야."

"네?"

"한남시 신도시 개발 사업이 그들 입장에서는 본게임이라고. 판이 아주 크니까. 그런 그들이 전술과 조직력을 점검하

기 위해서 본게임 전에 분명히 평가전을 거쳤을 거라는 게 후
배님 생각이었어."

"아!"

조동재가 무릎을 탁 치며 물었다.

"평가전은 어디서 열렸습니까?"

"홈구장에서 열렸지."

"한남시군요."

"그래. 신도시 개발 앞두고 시범 사업 조로 임대 주택 건설
사업이 있었어."

"규모가 얼마나 됩니까?"

"500세대."

"딱 1/10 수준이네요."

"본게임 전 평가전으로 치르기에는 딱 좋은 규모였지."

조동재가 흥미를 느낀 순간, 이청솔이 다른 서류철을 내밀
었다.

"평가전 기록지인가요?"

"그래, 한번 살펴봐."

그 서류철을 건네받은 조동재가 서류를 살폈다.

"거의 판박이네요."

"그래."

"다른 점은… 투자사가 '유일컨설턴트'가 아니라 '인라인 인
베스트먼트'란 것 정도네요."

"대표명을 봐."

"남승욱."

"'유일컨설턴트'와 '인라인 인베스트먼트'의 대표가 같지?"

"꼬투리 잡히지 않기 위해서 사명만 바꾼 거군요."

"맞아."

"평가전을 아주 제대로 치렀네요."

조동재가 입꼬리를 말아 올리며 덧붙였다.

"이거 제대로 지어졌을까요?"

"임대 주택이었으니까 분명히 날림 공사였을 테지."

"한번 제대로 털면 여러 사람 모가지 날아가겠는데요?"

"후배님이 그러더군."

"……?"

"악당들의 약점은 조직력이라고. 한 놈이 배신하면 조직력이 삐걱거리기 시작할 거라고 하더군."

일리가 있는 이야기라고 판단한 조동재가 고개를 끄덕인 후 물었다.

"지검장님, 승산이 얼마나 될까요?"

"그건 왜 물어? 네가 언제부터 그런 것 따지고 달려들었어?"

"예전과는 입장이 달라졌잖습니까?"

"결혼을 앞두고 있다?"

"네, 혹시라도 질 경우를 대비해야죠."

"원래라면 1할이야."

"겨우… 그것밖에 안 됩니까?"

"내가 아까 괜히 사표 미리 쓰라고 했던 게 아냐."

"좀 전에 원래라면 1할이라고 했으니까 변수가 있나 보죠?"

"그래."

"그 변수가 뭡니까?"

"조력자야."

"조력자요?"

"후배님, 그리고 '밸류에셋' 채동욱 대표가 우릴 도울 거야. 덕분에 승산이 2할을 더 올라갔지."

"그래 봤자 승산이 3할에 불과하네요."

"맞아. 그런데 승산을 1할 정도 더 끌어올릴 방법을 내가 알고 있어."

"그 방법이 대체 뭡니까?"

"속전속결."

"……?"

"상대가 정신 차리고 증거 인멸 하면서 방해 공작 펼칠 틈도 주지 않고 빠르게 몰아붙이는 거야. 그럼 승산이 1할은 더 올라갈 거야."

이청솔이 방법을 알려 준 후 덧붙였다.

"지금부터 퇴근 없다."

　　　　　＊　　　　　＊　　　　　＊

　"오늘 회가 아주 신선하군."

　이경호가 흡족한 표정을 짓자, 전중수가 술잔을 채워 주며 말했다.

　"요새 일이 술술 잘 풀려서 입맛이 도시는가 봅니다."

　"하핫, 그럴 수도 있겠군."

　"공사는 어떻게 할까요? 지난번과 비슷한 수준으로 하면 될 까요?"

　"지난번?"

　"임대 주택 말입니다."

　"컴플레인이 얼마나 들어왔지?"

　"꽤 들어오고 있습니다."

　"하여간 없는 것들이 불평불만이 더 많아. 집이 무너진 것도 아닌데 무슨 불만이 그렇게 많아? 대한민국 아파트 중에 물 안 새고 곰팡이 안 피는 아파트가 어딨어?"

　이경호가 표정이 일그러지는 것을 확인한 전중수가 재빨리 말했다.

　"그럼 같은 수준으로 진행하겠습니다."

　"그렇게 해. 그래야 우리도 남겨 먹는 게 있을 것 아냐."

　"지당한 말씀입니다."

　전중수가 맞장구를 친 순간이었다.

지이잉, 지이잉.

휴대 전화가 진동했다.

"화장실 다녀올 테니까 신경 쓰지 말고 받아."

"네."

이경호가 룸을 빠져나간 후 전중수가 전화를 받았다.

"여보세요?"

─전중수 전무님이시죠?

"그런데… 누구시죠?"

─SB컴퍼니 대표 백주민이라고 합니다.

'SB컴퍼니?'

처음 들어 보는 사명이었다.

그래서 전중수가 미간을 찌푸린 채 물었다.

"내 번호는 어떻게 알았소?"

─그쪽 번호는 검사님이 알려 주셨습니다.

"검사?"

─신세연 씨, 아시죠?

'신세연? 누구지?'

신세연이란 이름이 기억에 남아 있지 않았기에 전중수가 대답했다.

"모르겠소만?"

─몰라? 어떻게 모를 수가 있지?

"……?"

-너 때문에 신세연 씨가 얼마나 힘들었는데… 어떻게 이름을 기억 못 할 수가 있지? 이게 말이 된다고 생각해?

　"대체 무슨 소리를……."

　-천천히 기억을 떠올리기 위해서 노력해 봐. 신세연 씨와의 일 때문에 중광토건이 망하는 거니까.

　"이런 미친……."

　전중수가 언성을 높이다가 입을 다물었다.

　이미 전화가 끊어졌다는 사실을 알아챘기 때문이었다.

　"무슨 일인가?"

　자신이 목소리를 높인 것을 들은 이경호가 룸으로 들어오며 물었다.

　"신경 쓰실 것 없습니다. 잘못 걸려 온 전화입니다."

　"그런가? 자, 한잔하세."

　이경호가 술잔을 막 잡은 순간, 다시 휴대 전화가 진동했다.

　"실례하겠습니다."

　"그래."

　이경호의 앞에서 전화를 받을 수 없었기에 전중수가 휴대 전화를 들고 룸을 빠져나왔다.

　"너, 뭐 하는 새끼야?"

　전중수가 으르렁거리며 전화를 받은 순간이었다.

　-전무님, 큰일 났습니다.

수화기 너머에서 자신의 심복인 자재과장의 다급한 목소리가 들려왔다.

SB컴퍼니 백주민 대표에게서 걸려 온 전화가 아니라는 사실을 깨달은 전중수가 물었다.

"무슨 일인데 그렇게 호들갑이야?"

—검찰이 쳐들어왔습니다.

"검찰?"

—네. 압수 수색 영장을 들고 회사로 찾아왔습니다.

검찰이 압수 수색 영장을 갖고 회사로 쳐들어왔다는 이야기를 들은 순간, 전중수는 아까의 통화를 떠올렸다.

"그쪽 번호는 검사님이 알려 주셨습니다."

아까 백주민 대표가 검사를 언급한 것이 우연의 일치가 아닐 거란 생각이 든 순간, 전중수의 머릿속이 복잡해졌다.

"뭐야?"

—네?

"압수 수색 영장을 들고 찾아왔으면 무슨 혐의가 있을 것 아냐? 그 혐의가 대체 뭐냐고?"

—그게… 많습니다.

"많다고?"

—횡령, 배임, 부실시공, 그리고……

'작정하고 쳐들어왔네.'

자재과장의 대답을 듣던 전중수가 표정을 딱딱하게 굳혔다.

"일단 알았어. 내가 대표님과 상의해 볼 테니까 기다려 봐."

ㅡ네? 아, 네.

전중수가 통화를 마친 후 룸으로 돌아갔다.

그렇지만 바로 이경호에게 현재 상황에 대해서 보고하지는 못했다.

그 역시 누군가와 통화를 하고 있었기 때문이었다.

"알았어. 내가 한번 확인해 보지."

잠시 후 통화를 마친 이경호가 질문했다.

"소식 들었나?"

"네? 네."

"갑자기 검찰 놈들이 왜 회사까지 찾아와서 들쑤시는 걸까? 혹시… 짐작 가는 것 없어?"

이경호의 질문을 들은 전중수가 퍼뜩 떠올린 것.

아까 SB컴퍼니 백주민 대표에게서 걸려 왔던 전화였다.

'중광토건이 망하면… 나 때문이라고 했었지?'

아까는 그냥 미친놈의 헛소리쯤으로 치부하고 무시하려고 했다.

그런데 상황이 이렇게 바뀌고 나자 그냥 무시할 수가 없었다.

'제대로 알아봐야겠어.'

전중수가 속으로 생각하면서 입 밖으로는 다른 대답을 꺼 냈다.

"저도 모르겠습니다."

굳이 이 사실을 이경호에게 알릴 필요는 없다는 생각이 들 어서였다.

"이제 어떻게 하실 생각이십니까?"

전중수가 조심스럽게 던진 질문에 이경호가 대답했다.

"너무 걱정할 것 없어. 내가 그동안 괜히 돈을 먹였겠어? 내 돈 받아먹은 높으신 분들이 다 해결해 줄 거야."

"아, 네."

"그래도 상황을 알아는 봐야지."

이경호가 술잔을 비운 후 지시했다.

"전 전무가 빨리 상황을 알아봐."

*　　　　　*　　　　　*

"캬하, 때깔부터가 다르구나."

길승수가 흡족한 표정으로 건물 내부를 살펴보았다.

한남시도 무척 빠르게 발전하고 있는 도시였지만, 강남과 비교한다면 한참 뒤처졌다.

당장 이 룸살롱만 해도 한남시에서는 구경해 본 적 없을 정도로 규모가 크고 내부 장식이 화려했다.

"아주 돈으로 처발랐구만."

비싼 대리석 바닥과, 짙은 화장을 한 채 오가는 늘씬한 미녀들을 보며 길승수가 감탄하고 있을 때였다.

"아이고, 길 과장님, 일찍 오셨네요."

"남 대표님, 또 뵙네요."

"여기가 얼마 전에 새로 개장한 곳인데 강남에서도 물이 좋다고 소문이 자자한 곳입니다. 기왕이면 길 과장님을 좀 더 좋은 곳에서 모시고 싶어서 제가 일부러 여기서 만나 뵙자고 청했습니다."

"그래요? 기대가 아주 큽니다."

"하하, 기대하셔도 좋습니다. 제가 마담한테 귀한 손님 모셔야 하니 애들 신경 쓰라고 신신당부해 뒀거든요."

길승수의 두 눈에 열기가 피어올랐다.

'유일컨설턴트' 대표인 남승욱은 빈말을 하는 자가 아니었다.

오늘 기대해도 좋을 거라고 호언장담을 했으니, 무척 즐거운 접대 자리가 될 것이라는 생각에 벌써 흥분이 되는 것이었다.

"길 과장님, 어서 들어가시죠."

"그러시죠."

과하다 싶을 정도로 넓은 룸으로 들어간 길승수에게 남승욱이 미리 세팅돼 있던 위스키를 권했다.

"우선 목부터 축이시죠."

"네."

"이번에도 각별히 신경 써 주셔서 감사합니다."

"하핫. 제가 당연히 해야 할 일이죠. 그런데……."

"말씀하시죠."

길승수의 직책은 한남시청 건설과장.

이번 신도시 개발 사업에 얼마나 큰 이권이 걸려 있는가를 어느 누구보다 잘 알고 있는 인물이었다.

그래서 인허가를 내주는 과정에서 억대의 뇌물을 수수했지만, 좀 더 욕심이 나는 것은 어쩔 수 없었다.

"제 지인 중에 인테리어 업체를 크게 하는 친구가 있습니다. 그 친구가 이번 신도시 개발 사업에 입찰을 좀 받았으면 하는데……."

"그렇게 하시죠."

"네?"

"다른 분도 아니고 길승수 과장님 친구분인데 당연히 저희가 편의를 봐 드려야죠."

남승욱이 시원하게 대답하는 것을 들은 길승수가 반색했다.

친구라고 소개했지만, 인테리어 업체를 하는 것은 자신의 매제였다.

이번 신도시 개발 사업에 참여하게 되면 최소 수억의 수익을 거둘 터.

거기서 또 한몫 챙길 수 있다는 생각에 기분이 좋지 않을 수 없었다.

"자. 한잔하시죠."

"이거 술이 아주 달콤합니다."

껄껄 웃으며 위스키를 마시는 길승수를 바라보던 남승욱이 흐릿하게 웃었다.

'어차피 푼돈이니까.'

이번 신도시 사업으로 '유일컨설턴트'가 챙길 수익은 수천억이었다.

그런데 푼돈 몇 푼 아끼려다가 한남시청 건축과장인 길승수의 기분을 상하게 만들 정도로 남승욱의 계산이 어둡지는 않았다.

"밤이 짧습니다. 하실 말씀 다 하셨으면 기다리고 있는 애들을 안으로 들이라고 하겠습니다."

"하하, 그러시죠."

남승욱이 막 자리에서 일어선 순간이었다.

룸 안으로 정장 입은 남자가 들어왔다.

"넌 뭐야?"

취객이 방을 잘못 찾아온 것이라 여긴 남승욱이 인상을 찌푸린 채 소리쳤다.

"취해서 방을 잘못 찾은 것 같으니까……."

"안 취했어. 그리고 방을 제대로 찾은 것 같은데."

남자는 실수를 사과하고 방을 나가는 대신 마치 일행이라도 되는 것처럼 자리를 차지하고 앉았다.

"이야, 비싼 술 드시네. 내가 한 잔 따라 드릴까?"

"뭐? 이 새끼가 진짜……."

"왜? 예쁘장한 아가씨가 아니라 시커먼 사내가 주는 술은 받기 싫으신가? '유일컨설턴트' 남승욱 대표님?"

재차 언성을 높이려 했던 남승욱이 급히 입을 다물었다.

남자가 자신을 알고 찾아왔다는 것이 신경이 쓰였기 때문이었다.

"당신, 누굽니까?"

"나? 결혼 앞두고 있는 새신랑."

"……?"

"결혼하려면 집을 한 채 사야 해. 그래서 여기저기 알아보니까 서울 집값이 엄청나게 올랐더라고. 그렇다고 해서 결혼을 포기할 수는 없잖아. 내가 지금 사귀고 있는 여자 친구를 놓치면 평생 결혼을 못 하고 혼자 살게 될 것 같거든. 그러니 어떻게 해? 출퇴근 시간은 더럽게 많이 걸리더라도 수도권에라도 집을 사야지. 그래서 좀 알아보다 보니까 한남시에 신도시를 개발한다는 이야기를 들었어. 그리고 '유일컨설턴트' 남

승욱 대표님이 신도시 개발에 투자를 하셨다는 이야기도 들
었고 말이야."

"혹시⋯ 검사님이십니까?"

"오오, 어떻게 알았어? 내 이마에 검사라고 두 글자가 떡하
니 쓰여 있는 것도 아닌데?"

"원하시는 게 뭡니까?"

"지금까지 내 말 안 들었어?"

"분양권, 아니, 로열층에 가장 평수 넓은 아파트로 한 채 드
리면 될까요?"

"이야. 사업하는 사람이라 말이 잘 통하네."

남자가 껄껄 웃은 후 다시 말했다.

"그런데 너무 멀어."

"⋯⋯?"

"한남시에서 서부지검으로 출퇴근하기에는 너무 멀다고."

'서부지검 검사구나.'

남자의 정체를 남승욱이 추측했을 때, 그가 덧붙였다.

"조동재야."

"네?"

"내 이름을 궁금해할 것 같아서 알려 주는 거야. 거기 앉아
서 뭐 하고 있어?"

"⋯⋯?"

"내 이름이랑 소속 알아냈으니까 얼른 전화해서 압력 넣어

야지. 신경 쓰지 말고 가도 돼. 오늘 내가 만나러 온 것은 당신이 아니라 여기 앉아 계신 길승수 과장님이니까."

"저… 요?"

"어디 아파요?"

"……?"

"아까부터 왜 그렇게 손을 떨고 계실까? 병원에 모셔다 줘?"

"괜… 괜찮습니다."

"내가 보기에는 안 괜찮은 것 같은데? 이렇게 겁이 많은 양반이 대체 뇌물은 왜 받았을까?"

"뇌물이라니. 그게 무슨……?"

"다 알고 찾아왔어. 시공사로 중광토건 선정하는 것, '유일 컨설던트'가 단독으로 투자하게 판을 짠 것, 한남시청 건축과장인 당신이 전부 한 일이잖아. 그냥 그런 편의를 봐줬을 리는 없고… 당연히 뇌물 좀 받았겠지. 아, 접대도 여러 번 받았겠네."

길승수의 낯빛이 창백하게 질린 것을 확인한 남승욱이 더 버티지 못하고 일어섰다.

"남 대표님, 어디 가십니까?"

금방이라도 울 듯한 표정으로 질문을 던지는 길승수 과장을 안심시킬 요량으로 남승욱이 입을 뗐다.

"잠깐이면 됩니다. 그리고 너무 걱정하실 필요 없습니다. 곧 상황이 해결될 테니까요."

빈말이 아니었다.

남승욱은 믿는 구석이 있었다.

그래서 서둘러 룸을 빠져나온 남승욱이 하병일에게 전화를 걸었다.

*   *   *

'이번 건으로 남길 수 있는 이윤이 얼마나 되려나?'

대형 마트에서 장을 보던 장정우가 머릿속으로 계산하고 있을 때, 아내가 곁으로 다가왔다.

"여보."

"왜?"

"당신 외국 음식이 입에 안 맞는다고 했잖아. 이번에 출장 갈 때 이런 걸 좀 사서 가는 게 어때?"

장정우가 머릿속으로 하던 계산을 멈추고 아내의 손에 들린 것을 바라보았다.

"컵… 밥?"

"당신 몰라? 이게 조리하기도 간단하고 맛도 괜찮은 편이라서 엄마들 사이에서 난리야. 이대로 전자레인지에 돌리기만 하면……."

아내인 조유경이 설명을 하던 와중에 장정우가 컵밥을 낚

아챘다.

'두정… 식품!'

그리고 아내가 갖고 온 컵밥을 제조한 회사가 두정식품이란 것을 확인한 장정우가 눈살을 찌푸렸다.

원래라면 두정식품은 자신의 것이 돼야 했을 회사였기 때문이었다.

"이게… 인기가 있다고?"

"응. 입소문이 쫙 나서 엄마들도 좋아하고 애들도 좋아해. 그러니까 당신 출장 갈 때 음식 때문에 스트레스받지 말고 이것 몇 개 사 가서 먹어 봐. 외국에도 전자레인지는 다 있을 테니까……."

"됐어."

장정우가 퉁명스레 대꾸했을 때였다.

지이잉, 지이잉.

안주머니에 넣어 둔 휴대 전화가 진동했다.

"여보세요?"

―대표님, 큰일 났습니다.

황일태 전무의 다급한 목소리를 들은 장정우가 카트에서 손을 떼며 물었다.

"무슨 일입니까?"

―검찰이 압수 수색을 하기 위해서 회사로 찾아왔습니다.

"검찰?"

—네.

"어느 지검 소속이지?"

일단은 적의 정체를 파악하는 것이 우선이라고 판단한 장정우가 묻자, 황일태에게서 대답이 돌아왔다.

—서부지검입니다.

'서부지검이면… 이청솔 지검장?'

몇 차례 큰 사건들을 해결하면서 매스컴을 장식했던 이청솔이 서부지검장으로 영전했다는 것을 장정우는 기억하고 있었다.

"일단 알았어."

—네?

"뭐가 더 필요해? 검찰이 압수 수색 영장 발부받아서 찾아왔는데 막을 도리 있어?"

—아, 아닙니다.

"내가 좀 더 알아볼 테니까 자리나 지키고 있어."

황일태 전무와 통화를 마친 장정우가 눈살을 찌푸렸다.

'멍청한 새끼!'

아무짝에도 쓸모도 없는 놈들이 임원 직함을 달고 거들먹거리는 것이 마음에 들지 않았다.

분위기가 심상치 않다는 것을 느꼈을까?

조유경이 눈치를 살피며 조심스럽게 물었다.

"회사에 무슨 일 있어요?"

"별일 아니니까 신경 쓸 것 없어."

조유경도 아무것도 모르는 것은 마찬가지.

그래서 퉁명스레 대꾸한 장정우가 서둘러 마트를 빠져나와 홍정문 의원에게 전화를 걸었다.

"의원님."

—장 차관이로군.

재정국 차관직에서 물러나서 민간인이 된 지 꽤 시간이 흘렀지만, 홍정문 의원은 여전히 장 차관이란 호칭을 사용했다.

평소에는 홍정문이 사용하는 호칭이 틀릴 때마다 지적하는 편이었지만, 오늘은 그럴 여유도 없었다.

"회사로 압수 수색이 들어왔습니다."

—그렇군.

"알고 계셨습니까?"

—압수 수색이 들어온 게 장 차관 회사만이 아니거든.

"…괜찮을까요?"

—잠시 시끄럽다 말 거야.

장정우는 홍정문 의원을 철석같이 믿었다.

그래서 더 질문하는 대신 부탁의 말을 꺼냈다.

"그럼 의원님 말씀 믿고 기다리겠습니다."

*　　　　*　　　　*

"선배님, 어서 오십시오."

한정식집에 도착한 이청솔이 날 발견하고 손을 가볍게 들었다가 내렸다.

'많이 피곤해 보이시네.'

이청솔의 눈 밑에 다크서클이 짙게 내려앉아 있는 것을 내가 발견하고 미안한 마음이 들었을 때, 그가 말했다.

"여기 비싸 보이는데?"

"저 때문에 고생하시는데 맛있는 식사라도 대접해 드리고 싶었습니다."

"후배님 때문이 아냐."

"네?"

"처음에는 후배님 부탁으로 시작했는데… 수사를 진행하다 보니까 점점 더 열이 받더라고. 이 나라가 이렇게 썩었나 싶어서 분노가 치밀 정도야. 그래서 정의를 바로 세우기 위해서 수사에 전력투구하는 거고."

"일단 식사부터 하시고 말씀 나누시죠."

"그럴까? 한동안 계속 햄버거로 때웠더니 쌀밥 보니까 눈이 번쩍 뜨이는 느낌이네."

이청솔은 허겁지겁 밥부터 먹었다. 그리고 후식으로 매실차가 나온 후에야 본격적으로 대화를 나누기 시작했다.

"새벽에 전화가 왔었어."

"누구한테서요?"

"누구일 것 같아?"

"혹시… 총장님에게서 전화가 온 건가요?"

"맞아. 지검장에게 압력을 행사할 수 있는 윗선은 거의 없거든."

"수사를 중단하라고 지시했습니까?"

"꼭 옆에서 통화 내용을 들은 것처럼 정확히 알고 있네."

이청솔의 옆에서 통화 내용을 엿들은 것은 아니었지만 예상은 가능했다.

홍정문 의원이라면 검찰총장을 움직일 수 있을 거라 짐작했으니까.

그리고 나만 예상이 가능했던 것은 아니었다.

이청솔 역시 수사를 진행하다 보면 외압이 들어올 것을 예상했을 것이었다.

그러니 중요한 것은 이청솔이 어떤 대답을 했는가였다.

"수사는 중단할 수 없다고 대답했어. 여기서 수사를 중단하기에는 이미 확보한 증거가 너무 많다고 항변했지. 그랬더니 총장님이 지시를 바꾸더라고."

"어떻게요?"

"'유일컨설턴트'는 건드리지 말라고 지시했어."

"그 말은……?"

"일종의 수사 가이드라인을 제시한 거지. 다시 말하면 중광토건과 하나철강, 그리고 인허가 관련해서 특혜를 준 공무원까지는 처벌해도 된다는 뜻이야."

'수사 가이드라인을 준 게… 맞네.'

내가 고개를 끄덕였다.

방금 들은 검찰총장의 지시를 재해석하면 '유일컨설턴트'가 핵심이란 뜻이기도 했다.

"어떻게… 할까?"

그때, 이청솔이 날 향해 물었다.

"이 정도로 만족할 수 있겠어?"

물론 만족할 수 없다.

이 정도로는 가지만 몇 개 쳐 낼 수 있을 뿐, 몸통은 아예 건드리지도 못하는 것이니까.

하지만 이청솔을 비롯한 서부지검 수사 팀의 입장도 고려하지 않을 수는 없었다.

"일단은 그 정도에 만족하시죠."

"일단은?"

"제가 따로 준비하고 있는 덫이 있습니다."

"무슨 덫이지?"

"그건 아직 말씀드리기에 시기상조입니다. 이 덫이 제대로 준비될지 여부도 확신하기 힘든 상황이거든요. 좀 더 확실해지면 말씀드리겠습니다."

이청솔은 궁금해 죽겠다는 표정이었지만, 더 캐묻지는 않왔다.

"참, 수빈이 납치 미수 사건 수사는 어떻게 진행이 되고 있습니까?"

"일본 놈들은 입을 꾹 다물고 있어. 철저하게 묵비권으로 일관하는 상황이지. 그래서 당시에 검거한 놈들 위주로 취조와 수사를 이어 나가고 있는데 이 새끼들이 벌써 입을 맞춘 것 같아. 채수빈의 아버지가 부자라는 사실을 알고 몸값을 받아 내기 위해서 납치 시도를 했다고 일관되게 주장해."

"그렇군요."

"그런데 특이한 게 하나 있긴 해."

"뭡니까?"

"오거리파 놈들이 대부분인데⋯ 한 명은 조직폭력배가 아냐. 이두순이란 놈인데⋯ 금강경호라는 용역 업체에서 근무하는 직원이더라고."

'금강경호? 어디서 들었더라?'

금강경호라는 회사명이 낯이 익었다. 그래서 어디서 들었는지 기억을 더듬던 나는 곧 기억을 떠올리는 데 성공했다.

'백주민이 언급했던 회사구나.'

'블랙타이거 시큐리티'에 대해서 설명할 당시 잠시 금강경호가 등장했었다.

'번듯한 회사처럼 꾸미고 있지만, 실상은 용역 깡패들이 모여서 세운 회사라고 했었지.'

백주민이 했던 이야기를 떠올린 내가 다시 입을 뗐다.

"선배님."

"응?"

"금강경호와 중광토건은 긴밀한 관계가 있을 겁니다. 중광토건과 이번 납치 사건 사이의 연결 고리를 알아내 주십시오."

"오케이. 한번 알아보지."

이청솔이 흔쾌히 대답한 후 자리에서 일어섰다.

"이제 어디로 가나?"

그의 질문에 내가 대답했다.

"아까 말씀드렸던 덫을 준비하러 가야죠."

＊　　　　＊　　　　＊

전중수와 만나기로 한 약속 장소에 도착해서 주차를 마친 순간, 조수석에 앉아 있던 백주민이 내게 물었다.

"한 대 쳐도 될까요?"

"누굴요?"

"전중수요."

"맘대로 하세요. 돈 많으시잖아요?"

"……?"

"깽값 물어 주면 되잖습니까?"

"내가… 껫값 물어 줄 정도는 벌죠."

난 전중수를 만나기 전부터 전의를 불태우는 백주민을 굳이 만류하지 않았다.

그리고 백주민은 본인의 말을 지켰다.

"전중……."

퍼억.

백주민은 전중수가 앞으로 내밀고 있던 오른손은 쳐다보지도 않고 바로 그의 면상에 주먹부터 한 대 날렸다.

"쓰레기 같은 새끼!"

얼굴을 제대로 얻어맞고 바닥에 쓰러진 전중수를 향해 백주민이 싸늘한 표정으로 일갈을 내뱉었다.

'폼이 괜찮네.'

얼마 전 신세연을 통해서 백주민이 복싱을 배우기 시작했다는 이야기를 전해 들었었다.

당시에는 백주민이 건강 관리를 위해서 복싱을 배우기 시작했을 거라 여기고 무심코 넘겼었는데.

방금 백주민이 날린 주먹을 보고 난 후 문득 그런 생각이 들었다.

어쩌면 전중수에게 제대로 된 주먹 한 방을 날리기 위해서 백주민이 복싱을 배우기 시작했을지도 모르겠다는.

"이게 뭐 하는……?"

"앉아."

"뭐?"

"빨리 앉으라고. 회사에서 잘리기 싫으면."

"무슨 헛소리를……?"

"왜? 내가 못 자를 것 같아?"

"네가 뭔데?"

"러스트 인베스트먼트, 알지?"

'러스트 인베스트먼트?'

처음 들어 보는 사명이었다.

그래서 내가 의아한 표정을 지은 반면, 전중수는 러스트 인베스트먼트라는 사명을 듣자마자 낯빛이 하얗게 질렸다.

"당신이 그 회사를 어떻게……?"

"어떻게 아냐고? 그 회사 내 거야."

"뭐라고?"

"어때? 이제 앉아서 다시 대화할 마음이 생겼나?"

전중수가 힘껏 고개를 끄덕인 후 벌떡 일어나 맞은편 자리에 앉았다.

그런 그에게 백주민이 말했다.

"가서 씻고 와."

"……?"

"코피 난다."

스윽.

코밑을 손으로 닦은 후 코피가 난다는 사실을 뒤늦게 깨달은 전중수가 서둘러 카페 내 화장실로 달려갔다.

그사이 백주민이 내게 양해를 구했다.

"너무 경황이 없었던 나머지 미리 말씀 못 드려서 죄송합니다. 러스트 인베스트먼트는 SB컴퍼니가 드러나지 않도록 하기 위해서 급히 설립했던 투자 회사입니다. 일종의 사모 펀드죠. 그리고 러스트 인베스트먼트를 통해서 중광토건 지분을 매입했습니다."

"얼마나 매입했습니까?"

"경영권에 위협이 될 정도는 매입했습니다. 마침 중광토건이 검찰의 압수 수색을 받았다는 소문이 돌면서 주가가 폭락한 바람에 쉽게 매입이 가능했습니다."

'그래서 아까 얼굴이 사색이 됐던 거구나.'

전중수는 중광토건 전무 이사.

중광토건 대표인 이경호의 오른팔로 알려진 심복이었다.

그런 그가 중광토건의 주식을 경영권을 위협할 정도로 매입한 러스트 인베스트먼트의 존재를 몰랐을 리 없었다.

그래서 러스트 인베스트먼트가 백주민의 소유란 사실을 알고 난 후 빠르게 태세를 전환한 것이었고.

"백주민 씨."

"네."

"생각보다 무서운 사람이었네요."

"가만히 놀고 있긴 뭐해서요."

백주민이 멋쩍은 표정으로 머리를 긁적일 때, 화장실에서 코피를 수습하고 돌아온 전중수가 맞은편에 앉았다.

Chapter. 3

"우리 회사 주식을 왜 매입한 거요?"

그런 그는 왜 다짜고짜 때렸느냐고 질문하는 대신 중광토건 주식을 매입한 이유부터 질문했다.

"대표 이사가 마음에 안 들어서."

"……?"

"이경호 대표 해임시키려고 지분을 매입했다고."

"대체 왜……?"

"마음에 안 들어서라고 아까 대답했잖아. 그리고 지금 이유가 중요한 게 아냐. 진짜 중요한 건 따로 있어."

"무슨 말씀이신지?"

"그럼 너는 어떻게 될까? 이경호 모가지가 날아가고 나면 넌 그 자리 지키고 있을 수 있을 것 같아?"

전중수는 이경호의 심복.

그런데 이경호가 대표직에서 물러나면 자신의 자리도 위태로워진다는 사실을 알아챈 전중수의 낯빛이 창백하게 질렸다.

"이러는 진짜 이유가 뭐요?"

"힌트는 이미 줬잖아."

"……?"

"기억해 냈어?"

"혹시 그때 언급했던… 신세연 씨 때문입니까?"

"맞아."

"내 비서로 일했던 신세연 씨를 말하는 게 맞습니까?"

"이제 제대로 기억해 내긴 했네."

"그럼… 겨우 비서 하나 때문에 이런 일을 벌였다는 거요?"

전중수가 황당한 표정으로 던진 질문!

그 질문을 들은 내가 한숨을 내쉬었다.

'제대로 말실수했네.'

'겨우'라는 표현은 절대 쓰지 말았어야 할 표현이라고 생각한 순간, 백주민이 다시 주먹을 휘둘렀다.

퍼억.

피할 엄두도 내지 못하고 백주민이 휘두른 주먹을 얻어맞은 전중수가 의자째로 뒤로 넘어갔다.

'돈 많으니까. 그리고 맞을 만했으니까.'

난 그런 백주민을 제지하지 않고 팔짱을 낀 채 물끄러미 바라보기만 했다.

그사이 백주민은 전중수의 앞으로 다가가서 멱살을 틀어쥐고 소리쳤다.

"좀 전에 겨우 비서 하나 때문이라고 했어?"

"그게……."

"내게는 그 여자가 중광토건이란 쓰레기 같은 회사보다 훨씬 더 중요해. 내 말, 무슨 뜻인지 알아들었어?"

백주민의 사나운 기세에 눌린 전중수가 급히 고개를 끄덕였다.

"정말 알아들었어?"

"제가… 잘못했습니다. 제가 어떻게 하면… 화가 풀리시겠습니까?"

"사과해."

"네."

"신세연 씨 직접 찾아가서 사과하라고."

"알겠습니다. 그렇게 하겠습니다."

전중수가 사과하겠다고 대답한 후에야 백주민이 강하게 틀어쥐고 있던 그의 멱살을 풀었다.

"서진우 씨."

"네."

"제 용건은 이제 끝났습니다."

"그럼… 이제 제 차례네요."

내가 자리에서 일어나며 전중수에게 말했다.

"검찰 수사가 시작됐다는 건 이미 알고 계시죠?"

"네? 네."

"앞으로 회사에 아주 많은 변화가 생길 겁니다. 아마 대표 이사가 바뀔 겁니다."

"정말… 입니까?"

"이경호 대표는 무조건 물러납니다. 검찰이 확보한 증거가 확실하니까요."

전중수가 자리에서 일어날 생각도 하지 못한 채 두 눈을 데구르르 굴렸다.

이경호 대표가 검거되어 대표직에서 물러나고 나면, 본인의 거취가 어떻게 될까를 고민하는 것이었다.

그 반응을 유심히 살피던 내가 물었다.

"중광토건 대표 이사 자리, 탐나지 않으십니까?"

*　　　*　　　*

중광토건 본사 앞.

각그랜저 안에서 나와 백주민은 두런두런 대화를 나누었다.

"왜 중광토건 지분을 매입하셨던 겁니까?"

"이게 가장 확실한 방법이란 생각을 했습니다. 그리고 계속 고민해 봤는데… 제가 할 수 있는 건 이것밖에 없더라고요."

백주민의 대답을 들은 내가 고개를 끄덕였다.

그가 가장 잘하는 방식으로 전중수와 맞서 싸울 준비를 한 셈이었기 때문이었다.

"참, 아까 하신 말씀은 사실입니까?"

그때 백주민이 내게 질문했다.

"뭘 물으시는 겁니까?"

"정말 전중수를 중광토건 대표 이사로 만들어 주실 겁니까?"

"그게 가능할 리 없잖습니까?"

"네?"

"저는 러스트 인베스트먼트와는 무관한 사람입니다. 그런 제가 무슨 수로 대표 이사 선임을 좌지우지할 수 있겠습니까?"

"그럼… 아까 전중수에게는 왜 그런 말씀을 하신 겁니까?"

"욕심이 많아 보여서요."

"……?"

"그리고 욕심은 눈을 멀게 하죠."

"아!"

내 말뜻을 이해한 백주민이 탄식을 흘렸을 때, 전중수가 중광토건 본사 건물을 빠져나와 주변을 살핀 후 빠른 걸음으로 빠져나왔다.

"뒤에 타시죠."

"네."

탁.

그가 뒷좌석에 올라타서 문을 닫은 순간, 내가 물었다.

"찾았습니까?"

"네, 찾았습니다. 이게 이경호 대표의 세컨드 폰입니다."

'이경호 대표?'

어느새 대표님에서 대표로 호칭까지 바뀐 것을 알아챈 내가 혀를 내두를 때, 전중수가 휴대 전화가 들어 있는 서류 봉투를 내밀었다.

'쉽게 찾았네.'

얼핏 살피기에는 악당들은 무척 끈끈한 관계를 맺고 있는 듯 보였다.

하지만 그들의 관계는 이익으로 맺어져 있었다.

더 많은 이득을 얻을 수 있는 방법을 제시해 준다면, 그들의 관계는 금세 파탄이 나는 법이었다.

멀리 갈 것도 없었다.

중광토건 대표 이경호를 밀어내고 본인이 대표 자리에 오르고 싶다는 욕심이 사로잡힌 전중수가 그를 배신한 것이 증거였다.

'분명히 이 휴대 전화에 어떤 흔적이 남아 있을 거야.'

채수빈 납치 미수 사건에 금강용역 직원인 이두순이 끼어 있었고, 중광토건과 금강용역은 긴밀한 관계를 유지하고 있었다.

그래서 난 중광토건 대표 이경호와 금강용역은 서로 연락을 주고받았을 거라 확신했다.

다만 증거를 찾아낼 방법이 요원했는데.

전중수를 포섭한 덕분에 의외로 증거를 쉽게 찾은 셈이었다.

"이제… 다 됐습니까?"

스스럼없이 이경호를 배신한 전중수의 두 눈에 죄책감 따위의 감정은 없었다.

그의 눈에 깃들어 있는 감정은 단 하나, 욕심이었다.

"아직 할 일이 남았죠."

"네?"

"사과."

"……."

"벌써 잊으신 건 아니죠?"

"지금 사과하란 겁니까?"

"원래 사과는 빠를수록 좋죠."

내가 대답한 후 차를 출발시켰다.

"히잉."

드라마 재방송을 보다가 슬픈 장면 때문에 신세연의 눈물 샘이 터졌을 때였다.

지이잉, 지이잉.

소파 위에 올려둔 휴대 전화가 진동했다.

"여보세요?"

ㅡ신세연 씨.

"대표님… 이세요?"

오늘은 토요일이라 출근하지 않는 날이었다. 그리고 백주민은 입사 후 지금까지 한 번도 퇴근 후나 주말에 따로 연락했던 적이 없었다.

그래서 수화기 너머로 백주민의 목소리가 들려온 순간, 신세연이 소파에서 등을 떼고 기립했다.

ㅡ쉬는데 방해한 건 아닌가요?

"아니요. 괜찮습니다. 그런데 대표님, 무슨 일로 전화 주셨어요?"

ㅡ그게…….

선뜻 말을 잇지 못하고 망설이는 백주민에게 신세연이 말했다.

"대표님, 편하게 말씀하셔도 됩니다."

─알겠습니다. 부탁이 있어서 실례를 무릅쓰고 연락드렸습
니다.

"어떤 부탁이십니까?"

─밥 같이 먹죠.

"네?"

"혼자 밥 먹기 싫어서 그런데… 저녁에 같이 밥 먹자고요."

─아, 네. 메뉴는…….

"오늘 식사 메뉴와 장소는 내가 정해서 문자 보낼게요. 그럼
이따 보죠."

마치 뭔가에 쫓기는 사람처럼 황급히 용건을 밝히고 백주
민이 전화를 끊었다.

그 후에도 한참이나 휴대 전화를 귀에서 떼지 못하고 있던
신세연이 혼잣말을 꺼냈다.

"무슨 일 때문에… 만나자고 하신 걸까?"

백주민은 통화 중에 용건을 밝혔다.

그렇지만 혼자 밥 먹기 싫어서 같이 저녁을 먹자고 할 정도
로 백주민은 싱겁거나 가벼운 사람이 아니었다.

분명히 다른 중요한 용건이 있을 것이란 생각이 들었다. 그
리고 얼마 지나지 않아서 신세연의 직감이 알려 주었다.

이건 고백 각이라고.

"지금 내가 이렇게 멍하니 있을 때가 아니네."

한참을 멍하니 서 있던 신세연이 서둘러 외출 준비를 시작

했다.

약속 시간까지 한참 시간이 남았다는 사실을 깨달은 그녀는 꽤 큰 미용실로 찾아가서 머리까지 한 후 택시를 타고 약속 장소로 찾아갔다.

"안 늦었네."

제시간에 약속 장소인 이탈리안 레스토랑 앞에 도착한 신세연이 놀란 표정을 지었다.

"여기 엄청 비싼 곳인데."

맛집을 찾는 것은 그녀의 주요 업무 중 하나.

그래서 백주민이 정한 약속 장소인 이탈리안 레스토랑이 가격대가 아주 높은 고급 레스토랑이란 사실은 이미 알고 있었다.

"예약하기도 힘들었을 텐데."

평일 저녁에도 예약하기 힘든 장소.

그런데 토요일 저녁이라면 분명 더 예약이 힘들었을 거라 생각하며 신세연이 레스토랑 안으로 들어갔다.

'어? 왜 이렇게 사람이 없지?'

당연히 레스토랑 내부가 손님들로 붐빌 거라고 예상했는데.

그 예상과 달리 레스토랑 내부에는 손님이 없었다.

그래서 신세연이 당황하고 있을 때 지배인이 다가왔다.

"백주민 님이 기다리고 계십니다."

"아, 네."

지배인의 안내를 받아서 창가 쪽 테이블로 가자, 백주민이
서 있었다.

"우와!"

잠시 후 신세연이 감탄성을 내뱉었다.

창밖으로 보이는 서울의 야경도 멋있었지만, 그녀가 감탄한
진짜 이유는 백주민이 정장을 입고 있었기 때문이었다.

'꼭… 다른 사람 같네.'

트레이드 마크나 다름없던 추리닝 대신 정장을 입은 백주
민은 마치 다른 사람처럼 느껴질 정도였다.

"대표님, 맞으시죠?"

"물론 맞습니다. 앉으시죠."

"네."

"실은 오늘 신세연 씨를 위해서 준비한 선물이 있습니다."

"선물… 이요?"

"네. 제가 준비한 선물이 신세연 씨 마음에 드셨으면 좋겠
습니다."

'무슨 선물일까?'

신세연이 호기심과 기대가 절반씩 섞인 시선을 던지고 있
을 때였다.

"세연 씨, 오랜만이야."

등 뒤에서 남자의 목소리가 들려왔다.

그 목소리를 듣는 순간, 신세연은 소스라치게 놀랐다.

꿈에서라도 절대 잊을 수 없는 목소리.

그래서 단번에 이 목소리의 주인이 중광토건 전무 이사인 전중수라는 사실을 알아챌 수 있었다.

짜악.

본능적으로 경계심이 발동한 신세연이 무릎 위에 올려 두었던 가방을 힘껏 움켜쥐었을 때 전중수가 말했다.

"내가… 미안해."

*　　　　*　　　　*

"갑자기 연락드려서 죄송합니다."

이탈리안 레스토랑 앞에서 기다리고 있던 내가 숨을 헐떡이며 도착한 조동재에게 고개를 숙였다.

"마침 근처에 있었어. 그런데 무슨 일로 보자고 한 거야?"

"요즘 많이 바쁘신 것 알고 있습니다."

"누구 덕분에 맨날 야근 중이지. 데이트도 못 하고 말이야."

기회를 놓치지 않고 하소연하는 조동재에게 내가 미안한 표정으로 물었다.

"식사도 제대로 못 하시죠? 그래서 식사 한번 대접하고 싶어서 연락드렸습니다."

"식사?"

"네. 여기 음식이 아주 괜찮거든요."

"뭐. 덕분에 한 끼 잘 먹겠네. 컵라면 먹기 지겨웠거든."

"들어가시죠."

"그래."

내가 앞장섰고 조동재가 뒤이어 안으로 들어왔다.

"오호, 여기 딱 봐도 비싸 보이는데? 그런데 맛집이 맞긴 한 거야? 맛집치고는 손님이 너무 없는 것 같은데?"

"평소에는 손님 많습니다. 저녁 시간, 특히 토요일 저녁 시간에는 예약하는 것조차 힘들죠. 다만 오늘 손님이 없는 데는 그럴 만한 사정이 있습니다."

"사정? 무슨 사정?"

"누가 통째로 전세를 냈거든요."

"전세를 냈다고?"

"네."

"여기 통째로 전세를 내려면 돈 엄청 들 것 같은데?"

"돈 많은 사람입니다."

"박봉과 격무에 시달리는 공무원 입장에서는 부럽지 않을 수가 없네."

진심으로 부럽다는 표정을 짓던 조동재가 고개를 갸웃했다.

"그런데 누가 통째로 전세를 냈다면서 우리는 여기서 식사해도 돼?"

"저와 검사님은 괜찮습니다."

"왜?"

"여기 전세 낸 사람이 제 지인이거든요. 이미 허락받았습니다."

"우리 후배, 부자 친구도 있었네. 더 친하게 지내야겠어."

"실은… 제가 검사님을 모신 데는 몇 가지 이유가 더 있습니다."

"그럴 줄 알았어."

"네?"

"그냥 같이 밥 먹자고 바쁜 사람을 여기까지 부르진 않았을 거란 짐작이 들었거든."

'검사의 촉이란!'

내가 속으로 혀를 내두르며 이유를 밝혔다.

"아까 말씀드렸던 부자 지인이 이 레스토랑을 전세 낸 이유는 프러포즈 때문입니다."

"프러포즈?"

"네. 그래서 선배님도 함께 봐 두시면 좋을 것 같다는 생각이 들었습니다."

"응?"

"선배님도 곧 결혼하셔야죠. 프러포즈 안 하실 겁니까?"

"당연히 해야지."

두 눈에 힘을 꽉 주며 강한 의욕을 드러내는 조동재에게 내가 덧붙였다.

"오늘 프러포즈를 잘 지켜보시고 나면 뭔가 느껴지시는 것이 있을 겁니다."

"무슨 소리야?"

"제 지인이 이번 프러포즈를 위해서 아주 제대로 준비했거든요."

"대체 얼마나 대단한 준비를 했길래……?"

"상대가 가장 원하는 걸 프러포즈 선물로 준비했습니다."

"가장 원하는 것?"

"설명은 여기까지만 드리겠습니다."

내가 메뉴판을 집어 들며 덧붙였다.

"나머지는 식사하면서 직접 감상해 보시죠."

*   *   *

"내가… 미안해."

전중수가 꺼낸 사과의 말을 들은 신세연이 귀를 의심했다.

그가 먼저 찾아와서 사과할 것이라고는 꿈에도 예상치 못했기 때문이었다.

깜짝 놀란 신세연이 고개를 돌렸다. 그리고 시선이 마주친 순간, 전중수가 고개를 숙여 시선을 피하며 다시 말했다.

"사과하고 싶어서 찾아왔어."

전중수가 재차 사과했다.

잔뜩 어깨를 움츠린 채 고개를 숙여서 시선을 피하고 있는 전중수를 바라보던 신세연이 헛숨을 들이켰다.

항상 고압적인 자세였던 그였는데.

지금 잔뜩 주눅이 들어 있는 그의 모습이 낯설었다.

"왜… 그랬어요?"

"그게…….."

"나한테 왜 그랬냐고 물었어요."

"그게… 좋아했어."

"하아!"

"난 호감을 갖고 한 행동이었지만… 세연 씨가 많이 불쾌했을 거라는 것 이제는 알아. 내가 몹쓸 짓을 했다는 것도 알고. 그래도 이제 시간이 많이 지났으니까… 세연 씨가 날 용서해 줬으면 좋겠어."

바르르.

가방을 꽉 움켜쥐고 있던 신세연의 손이 떨렸다.

전중수에게서 생각지도 못했던 사과를 받고 나자, 얼떨떨하면서도 좋았다.

꼭 한번 그의 입을 통해서 사과를 받고 싶었으니까.

그렇지만 동시에 분노가 치밀었다.

당시의 일로 신세연은 정신과 치료까지 받았을 정도로 힘든 시간을 보냈다.

그런데 불쑥 찾아와서는 예전 일이니까 전부 용서해 달라고 부탁하는 전중수가 너무 뻔뻔하단 생각이 든 것이었다.

그때 백주민이 말했다.

"똑바로 사과해."

"네? 더 뭘 어떻게……?"

"그쪽이 신세연 씨한테 저질렀던 만행이 한둘이 아니잖아? 그 만행들은 그쪽 입으로 내뱉고 하나씩 제대로 사과하라고."

"그게… 알겠습니다."

신세연이 백주민에게 새삼스러운 시선을 던졌다.

전중수는 백주민보다 나이가 스무 살가량 더 많았다.

게다가 중광토건 전무 이사라는 권력도 갖고 있었다.

하지만 백주민의 앞에서는 저자세로 일관하고 있었다.

'대체 왜……?'

신세연이 그에 대해 의문을 품었을 때, 전중수는 지시대로 다시 사과하기 시작했다.

"내가 세연 씨에게 같이 여행을 가자고 문자를 보냈던 것, 분명히 많이 불쾌했을 거야. 내가 해서는 안 될 일을 했어. 그리고……."

전중수가 마치 고해성사라도 하듯 본인이 저질렀던 일들을 하나씩 털어놓고 일일이 사과하기 시작했다.

그 사과를 듣던 신세연은 아까와는 다른 느낌을 받았다.

이제야 제대로 된 사과를 받는다는 마음이 생겼기 때문이었다.

잠시 후, 신세연이 가방을 움켜쥐고 있던 손을 풀며 말했다.

"두 가지만 약속해요. 그럼… 용서할 테니까."

"말해. 뭐든지 약속할게."

"우선 또 다른 피해자를 만들지 말아요."

"약속할게."

"그리고 두 번 다시 내 눈에 띄지 말아요."

"그래. 그렇게 할게."

"이제 가요."

"그래. 갈게. 진짜… 진짜 미안했어."

마치 큰 숙제를 마친 것처럼 홀가분한 표정을 지은 채 전중수가 몸을 돌려 떠났다.

"후우!"

그가 사라지고 난 후에야 긴장이 풀린 신세연이 물컵을 들어 물을 한 모금 마셨다. 그리고 조금 진정이 된 후 백주민을 바라보았다.

"대표님. 어떻게 된 거예요?"

"우연히 알게 됐습니다."

"뭘요?"

"신세연 씨가 전 회사에서 안 좋은 일을 당했다는 걸요. 그래서 저 인간이 신세연 씨에게 사과하게 만들고 싶었습니다."

"그럼… 저 사람이 여기 찾아와서 사과한 게 대표님 때문이란 건가요?"

"제가 그렇게 해 달라고 부탁했습니다."

'정말… 부탁했을까?'

신세연은 전중수라는 사람에 대해서 잘 알고 있었다.

그는 백주민에게 부탁을 받았다고 해서 이렇게 찾아와서 사과할 성품이 아니었다.

'어떻게 했을까?'

여전히 궁금했지만, 신세연은 그에 대해서 더 캐묻지 않았다.

백주민이 자신의 상처를 알고, 그 상처를 치유해 주기 위해서 이런 자리를 마련해 줬다는 것만으로도 고마웠다.

"대표님, 감사합니다."

"고맙다는 인사 들으려고 한 일이 아닙니다. 저도 그 사실을 알고 나서 화가 많이 났거든요. 그래서… 신세연 씨가 같은 상처를 받지 않게 만들고 싶습니다."

"네?"

"앞으로 신세연 씨 곁에서 지켜 주고 싶다는 뜻입니다."

백주민이 안주머니에서 보석함을 꺼냈다. 그리고 보석함 속에 들어 있던 다이아몬드 반지를 꺼내며 덧붙였다.

"저한테 기회를 주시겠습니까?"

*　　　　*　　　　*

흑흑.

신세연이 감동의 눈물을 흘리기 시작했다.

멀찍이 떨어진 테이블에서 그 모습을 지켜보던 내가 조동재에게 물었다.

"좀 느끼신 게 있습니까?"

"있지."

"뭘 느꼈습니까?"

"프러포즈할 때 반지는 비싼 걸 사야겠다는 생각이 들었어."

"……?"

"후배 지인이 부자라면서? 다이아 큰 게 박힌 반지를 프러포즈 선물로 준비했기 때문에 감동해서 저렇게 울고 있는 것 아냐?"

"큰일이네요."

"아냐?"

"결혼이 쉽지 않겠습니다."

좀 더 자세히 설명해 주려다가 그만두었다.

어차피 조동재가 제대로 이해하고 응용하긴 힘들 것 같다는 생각이 들어서였다.

대신 내가 한숨을 내쉰 후 조동재에게 다시 물었다.

"누군지 아시겠습니까?"

"후배 지인이라며?"

"백주민 씨 말고 아까 신세연 씨에게 사과하던 남자 말입니다."

"낯이 익긴 한데… 딱 하고 기억은 안 떠오르는데?"

"중광토건 전중수 전무입니다."

"응?"

"중광토건 이경호 대표의 오른팔로 알려져 있죠."

"그래서 낯이 익었던 거구만."

조동재가 무릎을 탁 친 후 이내 고개를 갸웃했다.

"이상하네. 전중수 정도 되는 양반이 왜 사과를 하는 거지? 아무리 잘못한 일이 있더라도 사과 안 하고 잡아떼야 정상인데."

조동재는 부장 검사.

수많은 화이트칼라 범죄자들을 상대했다.

그래서 그들은 쉽게 사과하지 않는다는 사실을 잘 알고 있었다.

"욕심에 눈이 멀었기 때문입니다."

내가 전중수가 신세연을 찾아와서 사과한 이유를 알려 주자, 조동재가 흥미를 드러냈다.

"무슨 욕심?"

"중광토건 대표가 되겠다는 욕심이요. 그래서… 이것도 가져왔죠."

아까 전중수에게서 건네받았던 서류 봉투를 건네자, 조동재가 엉겁결에 건네받으며 물었다.

"이게 뭔데?"

"중광토건 이경호 대표 세컨드 폰입니다. 통화 내역과 문자 내역을 확인해 보면 중광토건과 금강용역 사이의 불법 거래를 찾을 수 있을 겁니다. 어쩌면 수빈이 납치 미수 사건에 이경호 대표가 연관되어 있다는 증거를 찾을 수도 있을 거고요."

난 '어쩌면'이란 수식어를 붙였지만, 사실은 확신하고 있었다.

이경호가 수빈이 미수 사건에 어떤 식으로든 연루됐다는 것을.

그리고 조동재라면 진실을 밝혀낼 수 있을 것이었다.

"이걸… 어떻게 구했어?"

중광토건 이경호 대표의 세컨드 폰이 스모킹 건이 될 수 있는 결정적인 증거란 사실을 짐작해서일까.

조동재는 살짝 흥분한 목소리로 물었다.

"아까 욕심에 눈이 멀었기 때문이라고 말씀드리지 않았습니까?"

"……?"

"전중수가 중광토건 대표직에 오르려면 가장 먼저 해야 할 일은 이경호를 대표직에서 몰아내야 하는 거죠. 그래서 이걸 직접 찾아서 가져왔습니다."

"아!"

비로소 말뜻을 이해한 조동재가 감탄성을 흘렸다.

"후배."

"네?"

"서부지검으로 와. 내가 총애해 줄게."

"말씀은 감사하지만… 저는 검사 할 생각 없습니다."

"정말 1도 생각 없어?"

"네."

진심으로 아쉬워하는 표정을 짓고 있던 조동재가 다시 질문했다.

"그럼 이제 중광토건 대표는 전중수가 되는 거야?"

"아니요."

"왜?"

"선배님이 전중수를 검거하실 테니까요."

"내가?"

"아까 본인 입으로 지은 죄를 전부 자백하지 않았습니까? 선배님은 범죄자의 고백을 다 들었고요. 식사 다 마치셨으니까 이제 검사로서 해야 할 일을 하셔야죠."

내가 검사의 본분을 잊지 말라고 충고하자, 조동재가 한숨을 내쉬었다.

"이게 날 만난 또 하나의 목적이었구만."

"맞습니다."

"하여간 사람 놀라게 하는 재주가 있단 말이야."

"선배님이 잘 처리해 주십시오."

"밥상 다 차려 줬는데 못 떠먹으면 병신이지."

조동재의 확답을 들은 내가 일어섰다.

"어디 가?"

"감동적인 프러포즈 장면을 봤더니 갑자기 보고 싶은 사람이 떠올라서요."

"누구?"

조동재의 질문에 내가 대답했다.

"그런 사람 있습니다."

*   *   *

한국대학교 병원 VIP 병동.

채수빈을 만나기 위해서 찾아가자, 병실 앞을 지키고 있던 '블랙타이거 시큐리티' 직원 두 명이 내게 거수경례를 했다.

"별일 없죠?"

"물론입니다."

"고 대표님은요?"

고병태는 사건 당시 팔에 총상을 입은 터라 입원해서 치료받고 있었다.

그의 상태에 대해서 묻자, 직원 중 한 명이 대답했다.

"휴가를 만끽하고 계십니다."

"걱정 안 해도 된다는 뜻이로군요."

"물론입니다. 고작 그 정도로 어떻게 될 분이 아닙니다."

고병태에 대한 강한 믿음을 보여 주는 직원과 대화를 나누고 있을 때, 양미향이 병실을 나왔다가 날 발견하고 다가와 손을 덥석 움켜잡았다.

"서 선생님, 고마워요."

"네?"

"그이한테 들었어요. 서 선생님이 아니었다면 우리 수빈이가 큰일을 당할 뻔했다는 이야기요. 더 일찍 서 선생님한테 인사드렸어야 했는데 제가 경황이 없어서 이제야 인사드리네요."

"아닙니다. 오히려 저 때문에 수빈이가 위험해진 거니까 제가 죄송합니다."

"그런 말씀 마세요."

"수빈이는 어떻습니까?"

"들어가 보세요. 아까부터 서 선생님을 기다리고 있으니까요."

양미향과 인사를 나눈 후 병실로 들어가자, 침대에 앉아서 과자를 집어 먹고 있는 채수빈이 보였다.

"좀 어때?"

"죽을 것 같아요."

"어디가 안 좋아?"

"그게 아니라… 답답해서요."

배시시 웃으며 대답한 채수빈이 덧붙였다.

"나이롱환자인 거 선생님도 잘 알면서 뭘 자꾸 괜찮냐고 물어요?"

그녀의 말처럼 채수빈은 특별한 외상을 입지 않았다.

당시 사건으로 인해서 놀라기는 했지만, 워낙 낙천적인 성격이라서 금세 충격을 털고 웃음을 되찾았다.

그럼에도 불구하고 난 강권하다시피 해서 채수빈을 한국대학교 병원에 입원시켰다.

아직 위협이 완전히 끝났다고 확신하기 힘든 상황.

차라리 병원에 입원해 있는 편이 더 안전하다는 생각이 들어서였다.

"설마… 빈손으로 왔어요?"

"응?"

"선생님이 맛있는 걸 사 오실 거라고 잔뜩 기대하고 있었는데."

"어, 미안!"

빨리 채수빈을 만나고 싶다는 생각이 강해서 거기까지는 생각하지 못했다.

"잠깐만 기다려 봐. 나가서 먹고 싶은 걸 사 올 테니까."

"됐어요."

"진짜……."

"먹을 것보다 선생님이랑 같이 있는 게 더 좋아요."

채수빈이 침대맡을 손으로 두드렸다.

내가 침대에 앉으며 그녀의 머리를 쓰다듬었다.

"진짜… 괜찮은 거지?"

"그렇다니까요. 그냥 꿈꾼 것 같아요."

"꿈?"

"선생님을 만난 것부터 시작해서 지금까지 내게 벌어졌던 일들, 다 꿈 같아요. 그래서 힘든 일을 겪었는데도 그렇게 놀라지 않은 것 같아요. 현실감이 별로 느껴지지 않으니까요."

"꿈 아냐."

"……"

"내가 이렇게 네 옆에 있으니까."

힘든 일을 겪은 수빈이를 안아 주었다.

마치 기다렸다는 듯이 수빈이가 품속으로 파고들었다.

드르륵.

그 순간 병실 문이 열렸다.

"어? 미안!"

양손 가득 음식과 간식거리를 들고 병실 안으로 들어왔던 이강희와 이태리, 신은하가 당혹스러운 표정을 지었다.

"타이밍이 안 좋았네. 그냥 다시 갈까?"

"아니에요. 언니."

치부라도 들킨 사람처럼 얼굴이 벌겋게 달아오른 채수빈이 내 품에서 황급히 빠져나오면서 소리쳤다.

그 외침을 들은 이강희가 짓궂은 표정으로 말했다.

"목소리에 힘이 넘치는 걸 보니 수빈이 걱정은 안 해도 되겠네. 병문안 괜히 온 것 같은데?"

"언니, 놀리지 말아요."

"부러워서 그래. 우리 낭군님은 바빠서 만날 시간도 없거든."

"조 검사님 아까 저하고 같이 저녁 먹었는데요?"

"정말? 컵라면 먹을 시간도 없다고 했었는데……?"

"같이 스테이크 썰었습니다."

여자들 틈에 둘러싸여 있어 봐야 좋은 소릴 못 들을 것 같다는 생각이 들어서 내가 긴장했을 때 구세주가 등장했다.

"여기가 병실인지, 영화 촬영장인지 헷갈리는군."

채동욱이 때마침 병실로 들어오며 말했다.

"처음 뵙겠습니다. 이강……."

"나도 이름 정도는 알고 있어요. 수빈이한테 세 분 이야기 많이 들었어요."

여배우들과 악수를 나눈 후 채동욱이 흐뭇하게 웃었다.

"이렇게 유명한 분들이 병문안을 와 주는 걸 보니까 우리 수빈이가 성공하긴 한 것 같네. 앞으로 걱정 안 해도 되겠어."

그런 그가 날 바라보았다.

"서 선생."

"네."

"잠깐 얘기 좀 하세."

"알겠습니다. 나가시죠."

어서 여기서 나가고 싶었던 마음이 굴뚝같았던 내가 기회를 놓치지 않고 병실을 빠져나갔다. 그리고 휴게실에 도착한 후 채동욱이 물었다.

"서 선생, 혹시 러스트 인베스트먼트라는 사모 펀드에 대해서 들어 본 적 있나?"

'어?'

러스트 인베스트먼트는 SB컴퍼니의 존재를 감춘 채 중광토건 지분을 매입하기 위해서 백주민이 급조한 사모 펀드.

그런데 채동욱이 러스트 인베스트먼트라는 사모 펀드를 언급할 것을 예상치 못했기에 놀랐던 것이었다.

"알고 있습니다."

"그래?"

"그런데 갑자기 왜 물으시는 겁니까?"

"'밸류에셋'에서 중광토건 지분을 매입하고 있었어. 너무 쾌씸해서 중광토건 대표 이사를 비롯한 임원들을 싹 갈아 치워 버릴 계획을 세웠거든."

'이게 채동욱 대표님이 싸우는 방식!'

내가 속으로 생각했을 때, 채동욱이 덧붙였다.

"그런데 러스트 인베스트먼트라는 사모 펀드가 중광토건

지분을 근래에 다량 매입했더라고. 경영권을 좌지우지하려면 러스트 인베스트먼트가 보유한 중광토건 지분이 필요한데 연락이 안 돼. 그래서 서 선생이 혹시 알고 있는지……."

"같은 편입니다."

"응?"

"러스트 인베스트먼트가 중광토건 지분을 매입한 것, 채 대표님과 같은 목적을 갖고 있기 때문입니다. 그러니까 안심하셔도 됩니다."

"주총에서 내 손을 들어 줄 거란 뜻인가?"

"그렇습니다."

"확실한가?"

"확실합니다."

"그거 듣던 중 반가운 소리로군."

채동욱이 안도한 표정을 짓는 것을 바라보던 내 입가로 희미한 미소가 번졌다.

백주민이 러스트 인베스트먼트를 설립하고 중광토건의 지분을 매입한 가장 큰 이유는 복수심.

하지만 굳이 중광토건 지분을 매입할 필요는 없었다.

중광토건 대표 이사인 이경호와 전무 이사인 전중수.

이 두 사람은 무조건 구속될 것이었고, 자연히 중광토건에서 떨어져 나갈 것이었기 때문이었다.

그리고 중광토건이란 건설 회사가 마음에 들지 않는 것은 사실이었지만, 회사가 이렇게 형편없이 망가진 것은 이경호를 비롯한 임원들의 잘못된 선택과 결정들 때문이었다.

윗선의 지시를 받아서 일하는 직원들은 아무 잘못이 없었다.

그런데 중광토건이 무너진다면?

직원들과 그 직원들의 가족들은 하루아침에 직장을 잃고 길바닥에 나앉게 된다.

그 사실을 잘 알고 있기에 계속 마음에 걸렸었는데.

채동욱이 중광토건 지분을 매입했다는 사실을 알고 나서 한 가지 좋은 생각이 머리를 스치고 지나갔다.

"채 대표님."

"말하게."

"중광토건 이경호 대표와 전중수 전무는 구속될 겁니다."

"정말… 구속이 될까?"

"이청솔 지검장님이 위에서 수사 가이드라인이 내려왔다고 알려 주셨습니다."

내 이야기를 들은 채동욱이 두 눈을 빛냈다.

"중광토건은 버린다?"

"네."

"그럼… 서 선생 말처럼 구속되겠군."

천천히 고개를 끄덕이는 채동욱에게 내가 말했다.

"대표님은 투자자이시죠?"

"응?"

"중광토건의 지분을 매입하셨으니까 투자를 통한 수익을 내셔야죠."

"무슨… 뜻인가?"

"현재 중광토건은 형편없는 회사입니다. 그렇지만… 채 대표님이라면 중광토건을 괜찮은… 아니, 건실한 건설 회사로 만드실 수 있을 겁니다."

백주민과 채동욱은 또 달랐다.

백주민이 컴퓨터 앞에 앉아서 돈을 번다면, 채동욱은 직접 사람들을 만나면서 투자를 해서 돈을 번다.

그 과정에서 쌓인 인맥은 대단할 터.

중광토건을 건실한 회사로 바꿀 수 있는 경영진을 데리고 올 정도의 인맥은 갖추고 있을 것이었다.

그리고 채동욱은 눈치가 빨랐다.

내가 하려는 말의 요지를 금세 파악했다.

"서 선생은 중광토건 직원들이 신경이 쓰이는 거로군."

"그들은 죄가 없으니까요."

"그렇긴 하지."

"대한민국에 수익을 적게 내더라도 아주 좋은 집을 짓는 건설 회사가 하나 있는 것도 나쁘지 않을 것 같습니다."

"무슨 뜻인지 알겠네."

채동욱이 수락한 후 자리에서 일어났다.

"한동안 바빠지겠군."

"부탁드리겠습니다."

"서 선생."

"네."

"나도 부탁 하나 하지. 몸조심하게. 서 선생이 다치면 수빈이가 아주 많이 힘들어할 것 같거든."

"명심하겠습니다."

채동욱이 그 당부를 끝으로 먼저 떠났다.

그가 수빈이와 대화를 나눌 시간을 주기 위해서 병원 휴게실에 좀 더 머무르고 있을 때였다.

"진우야."

신은하가 다가왔다.

"아직 안 갔습니까?"

"너한테 할 이야기가 있어서 기다렸어."

"무슨 이야기인가요?"

"나 결혼해."

"……."

"놀랐어?"

당연히 놀랐다. 그래서 고개를 끄덕이며 신은하에게 물었다.

"누구와 결혼하는 겁니까?"

"주진철 씨와 결혼해."

'주진철?'

신은하의 입에서 흘러나온 이름을 듣는 순간, 내가 두 눈을 가늘게 좁혔다.

'왜… 같은 선택을 하는 거지?'

난 회귀자라서 알고 있다.

신은하가 주진철과 결혼했다는 사실을.

당시 그녀가 주진철과 깜짝 결혼을 발표했던 것은 세간에 큰 화제가 됐었다.

하지만 더 큰 화제가 됐던 것은 그녀의 이혼 소식이었다.

즉, 내 기억 속 신은하는 주진철과 결혼을 하고 얼마 지나지 않아서 이혼을 했다.

그리고 두 사람의 결혼 생활이 그리 행복하지 않았다는 사실 역시 잘 알고 있었다.

'그래서 이번에는 다른 선택을 내릴 거라 예상했는데.'

회귀자의 장점 중 하나.

실패를 경험해 보았기에 더 나은 선택을 내릴 수 있는 선택지를 갖고 있다는 것이었다.

그래서 난 신은하가 이번 생에는 주진철이 아닌 다른 사람과 결혼을 선택할 것이라고 확신했다.

그런데 그 확신이 빗나간 셈이었다.

'왜?'

신은하가 대체 왜 이런 선택을 내렸는지 도무지 이해가 가지 않았다.

'당신도 실패한 결혼이 될 것이라는 사실을 알고 있으면서 왜 다시 같은 길을 걸어가려고 하느냐?'

마음 같아서는 이렇게 질문하고 싶었다.

그렇지만 회귀자란 사실을 노골적으로 밝힐 수는 없었기에 난 다른 질문을 던졌다.

"정말… 입니까?"

"이해가 안 가?"

"네?"

"왜 이런 선택을 내렸는지 이해가 안 가는 표정이라서."

"솔직히… 이해가 안 갑니다."

"그럴 거라 예상했어. 내가 이런 선택을 내린 이유를 알려 줄까?"

"알려 주시죠."

"진우, 너 때문이야."

"……?"

"네가 좋았어. 너와 결혼한다면… 이번에는 다른 결과가 나올 수 있지 않을까? 더 재밌지 않을까? 이런 기대가 생겼거든. 그런데… 넌 내게 여지를 주지 않았어. 그래서 다른 선택을 할 수밖에 없었어."

내가 선택한 사람은 신은하가 아니라 채수빈.

그 사실을 알고 나서 신은하는 주진철과의 결혼을 선택했다고 말했다.

그럼에도 불구하고 왜 하필 주진철인가 하는 내 의문은 풀리지 않았다. 그리고 신은하는 이런 내 의문을 알아챈 듯 다시 입을 뗐다.

"그렇게 불행하지는 않았어."

"……?"

"그 사람과의 결혼 생활 말이야. 집안 간의 갈등 때문에 이혼을 선택하긴 했지만… 그 사람과는 아무 문제도 없었어. 좋은 사람이었어."

그 이야기를 들은 내가 천천히 고개를 끄덕였다.

불륜, 사생아, 불임 등등.

당시 신은하의 이혼 소식을 전하던 기사들은 온통 자극적인 소재를 끌어다가 붙였다.

하지만 진실은 달랐다.

당사자인 신은하의 이야기가 진실일 터.

그리고 방금 이야기를 듣고 난 후 난 비로소 그녀의 선택이 이해가 가기 시작했다.

"기회는 있으니까요."

"기회?"

"이번엔 실패하지 않을 기회 말입니다."

아까 신은하는 결혼 생활이 불행하지 않았다고 말했다.

주진철과의 관계에는 특별한 문제가 없었지만, 집안 간의 문제로 결국 이혼을 선택했다고도 말했었고.

그 말인즉슨, 집안 간의 문제만 해결한다면 이번에는 주진철과 이혼하지 않을 수 있다는 의미였다.

그리고 신은하에게는 똑같은 실패가 반복되지 않도록 바로잡을 기회가 주어져 있었다.

오직 회귀자들만이 이해할 수 있는 대화.

신은하 역시 회귀자였기에 내가 건넨 말뜻을 이해했다.

"이번에는 잘할 수 있겠지?"

"잘하실 겁니다."

"그렇게 말해 줘서 고마워."

신은하가 조금은 홀가분해진 표정으로 내 앞에 오른손을 내밀었다.

내가 그 손을 맞잡은 순간, 그녀가 물었다.

"우리는… 여전히 친구지?"

*   *   *

유니버스필름 사무실.

이현주 대표는 축하 전화를 받느라 여념이 없었다.

"에이, 운이 좋았어요. 다음 작품에 어떻게 될지 누가 알겠어요? 술이요? 당연히 사야죠. 네, 제가 다시 연락드릴게요."

"술 적당히 드세요. 오래 사셔야죠."

전화를 받느라 내가 찾아온 것도 눈치채지 못하고 있던 이현주 대표는 뒤늦게 날 발견하고 반갑게 인사를 건넸다.

"서 이사, 언제 왔어?"

"좀 전에요."

"연락도 없이 어쩐 일이야?"

"근처에 볼일이 있어서 왔다가 축하 인사 건네려고 왔습니다."

내가 용건을 밝힌 순간, 이현주 대표가 황당하단 표정을 지었다.

"서 이사는 축하 인사를 건넬 입장이 아니라 받아야 할 입장이거든."

"듣고 보니 그렇긴 하네요."

"또 남의 이야기 하듯 하네. 모르는 사람이 들으면 서 이사는 '치명적인 그녀'와 상관없는 사람인 줄 알겠어."

'치명적인 그녀'가 개봉한 후 3주 차에 접어들었다.

개봉 첫 주에 박스오피스 2위로 출발했던 '치명적인 그녀'는 영화를 관람했던 관객들 중심으로 재밌다는 입소문이 퍼지면서 개봉 2주 차에 박스오피스 1위로 올라섰다.

그리고 3주 차에 접어든 지금은 2위 작품과 큰 격차를 벌리면서 압도적인 1위로 질주하고 있었다.

개봉 예정작 중 뚜렷한 경쟁 작품이 없다는 점을 감안하면, '치명적인 그녀'는 레볼루션필름과 유니버스필름이 공동 제작했던 작품 중 가장 많은 관객을 동원하는 최대 흥행작이 될 가능성이 높았다.

이런 '치명적인 그녀'의 흥행 성공 덕분에 이현주 대표가 축하 인사를 많이 받고 있었지만, 흥행의 최대 수혜자는 사실 나였다.

'치명적인 그녀'의 공동 제작자일 뿐만 아니라, 작품의 투자와 배급을 맡았던 투배사 Now&New의 지분을 대부분 보유하고 있었으니까.

'수익이 얼마나 나올까?'

머릿속으로 잠시 계산하던 내가 이내 고개를 가로저었다.

이미 돈은 많이 번 상황이었기에 더 이상 욕심이 나지 않았기 때문이었다.

"술 한잔 사야지?"

"제가요?"

"서 이사가 '치명적인 그녀' 흥행의 최대 수혜자잖아. 투배사 Now&New도 따지고 보면 서 이사 것이니까."

"다음에 꼭 제대로 사겠습니다."

빈말이 아니었다.

여기까지 오는 과정에 이현주 대표의 도움이 컸다는 것을 알기 때문에 언제 날을 잡아 제대로 대접할 생각이었다.

"오늘은 선약이 있어서요."

"선약? 누구와 약속이 있는데?"

이현주 대표의 질문에 내가 대답했다.

"회사 직원에게 저녁 사기로 했습니다."

*   *   *

SB컴퍼니 앞에 도착해서 막 주차를 마쳤을 때, 휴대 전화가 울렸다.

"여보세요?"

─후배, 나야.

조동재 검사에게서 걸려 온 전화.

"많이 바쁘시죠?"

내가 묻자, 조동재가 기다렸다는 듯이 하소연을 했다.

─말도 마. 머리 감을 시간도 없어. 머리가 간지러워 죽겠어.

"그래서 성과는 좀 있으셨습니까?"

─성과? 있지. 내일 중으로 중광토건 이경호 대표가 구속됐다는 기사 날 거야.

"고생 많으셨습니다."

─뭐, 나야 후배가 증거 다 찾아 준 덕분에 취조만 한 거지. 그렇지 않아도 이경호 대표가 궁금해하더라고.

"뭘 궁금해했습니까?"

─세컨드 폰.

"······?"

―압수 수색을 한 것도 아닌데 자기 세컨드 폰을 대체 어떻게 찾았느냐고 나한테 계속 묻더라고. 그 양반은 형량보다 그게 더 궁금한 것 같아.

'궁금할 만하겠네.'

본인의 세컨드 폰이 증거가 될 수 있다는 사실.

이경호 대표가 누구보다 잘 알고 있었을 것이었다.

그래서 항상 세컨드 폰을 신경 써서 보관했을 터.

그런데 신경 써서 보관하고 있던 세컨드 폰이 갑자기 사라졌고, 그 세컨드 폰을 검찰이 갖고 있으니 유출 경로가 어찌 궁금하지 않을 수 있을까?

"그래서 알려 줬습니까?"

―기밀이야?

"기밀 아닙니다."

―다행이네.

'알려 줬다는 뜻이네.'

내가 픽 웃으며 조동재에게 물었다.

"이경호 대표가 세컨드 폰 유출 경로를 알고 나서 어떻게 반응했습니까?"

―무슨 일이 있어도 전중수를 죽여 버리겠다고 하더라고.

"교도소에서 만나면 살벌하겠네요."

―내 말이. 아주 볼만할 것 같아. 그래서 내가 특별히 같은 교도소에 수감시켜 줄 계획이야.

조동재가 껄껄 웃은 후 덧붙였다.

―이게… 끝이야?

이미 수사에 대한 가이드라인이 윗선에서 내려왔다는 것.

조동재도 이청솔에게 들어서 알고 있을 터였다.

그럼에도 불구하고 이런 질문을 던지는 이유를 난 짐작할 수 있었다.

'이걸로는 만족 못 하는 거야.'

내가 경험한 조동재 검사는 한번 시작했으면 끝을 보는 스타일이었다. 그래서 윗선에서 내려온 수사 가이드라인대로 이번 수사를 끝마치는 것에 만족하지 못하는 것이었다.

'이것 때문에 내게 전화한 거구나.'

난 검사도 기자도 아니다.

그런 내게 조동재가 수사 상황을 브리핑해 주기 위해서 연락을 했을 리 없었다.

그는 이 질문을 던지기 위해서 내게 연락한 것이었다.

"아직… 끝 아닙니다."

그리고 내 대답을 들은 조동재의 목소리에 힘이 들어갔다.

―아직 끝이 아니다?

"네."

―뭐가 더 남았지?

"이미 조직력이 흔들리고 있는 상황이니까 계속 흔들다 보면 증거가 튀어나올 겁니다. 조금만 더 기다려 주시죠."

―오케이. 기꺼이 기다리지.

조동재와 통화를 마친 내가 오랜만에 고개를 들어 하늘을 올려다보았다.

대대적인 검찰 수사가 진행되면서 중광토건 대표 이사인 이경호와 회사 임원들이 곧 구속될 것이었다.

하지만 세상은 평소와 다를 바 없었다.

'세상은 넓으니까.'

이 드넓은 세상에 회귀자 한 명 정도 살고 있다고 해서 달라질 건 없다는 생각이 들었다.

아니, 그 회귀자의 수가 몇 명 더 늘어난다고 해도 마찬가지라는 생각이 들었다.

'내가 할 수 있는 것을 하고 난 후에는… 내 행복을 위해서 살자.'

내가 다짐한 후, SB컴퍼니로 향했다.

"저 왔습니다."

딸깍.

사무실 문을 열고 들어가자, 컴퓨터 앞에 앉아 있던 신세연이 깜짝 놀라며 모니터 전원을 끄는 것이 보였다.

"오… 오셨어요?"

내게 인사하는 신세연은 당황하는 기색이 역력했다.

"왜 그렇게 놀라세요?"

"아무것도… 아니에요."

"아무것도 아닌 게 아닌 것 같은데요."

장난기가 솟구친 내가 물었다.

"뭘 보고 계셨기에 그렇게 놀라시는 겁니까?"

"기사, 네, 기사 보고 있었어요."

"슬픈 내용의 기사였나 보네요."

"네?"

"신세연 씨 눈이 빨갛게 충혈됐거든요. 울었던 것 같은데요?"

"그게……."

"얼마나 슬픈 내용의 기사인지 저도 한번 봐도 될까요?"

내가 컴퓨터 앞으로 다가가자, 그녀가 더 버티지 못하고 이실직고했다.

"기사 아니라 드라마 봤어요."

"드라마요?"

"네."

"무슨 드라마를 보신 겁니까?"

"'겨울 동화'요."

'아, 벌써 시작했구나.'

난 TV를 거의 보지 않는다.

좀 더 정확히 표현하면 TV를 볼 시간이 거의 없었다.

그래서 스타 피디 송진한이 연출하고, 배용진이 남자 주인공으로 출연하는 '겨울 동화' 방송이 시작했다는 사실도 모르고 있었다.

"재밌어요?"

내가 묻자, 신세연이 지체 없이 대답했다.

"완전 재밌어요."

엄지를 추켜세운 채 신세연이 덧붙였다.

"그런데 슬퍼요. 남자 주인공인 배용진이 시한부거든요. 자기가 그렇게 아픈데도 여자 주인공을 위해서 아프지 않은 척 연기하면서 바라보는 눈빛이 너무… 너무……."

"너무… 뭔가요?"

"멋있어요."

배용진이 신세연의 마음을 사로잡았다는 사실을 깨달은 내가 흐뭇하게 웃었을 때였다.

"배용진이 멋있다고 말했는데… 왜 부대표님이 좋아하세요?"

신세연이 의아한 표정으로 물었다.

"제가 배용진과 친분이 좀 있거든요."

내 대답을 들은 신세연이 두 눈을 빛냈다.

"정말… 친분이 있으세요?"

"제가 언제 거짓말한 적 있습니까?"

"없죠. 부대표님은 거짓말하신 적 없죠. 그럼… 배용진 사인 좀 받아 주실 수 있으세요?"

"그거야 어렵지 않죠."

"아아, 너무 좋아요."

십 대 소녀처럼 좋아서 어쩔 줄 몰라 하는 신세연을 웃으며 바라보던 내가 짓궂은 표정을 지은 채 말했다.

"대표님이 싫어할 겁니다."

"네?"

"질투심을 느낄 테니까요."

"……?"

"축하드립니다."

"뭘… 요?"

"대표님이랑 곧 결혼하시는 것, 알고 있습니다."

내가 축하 인사를 건네자, 신세연의 뺨이 붉어졌다.

"어떻게… 아셨어요?"

"대표님에게 들었습니다."

"아!"

"잘 어울립니다."

신세연의 더 붉어진 뺨을 감추기 위해서 양손을 들어 얼굴을 감싼 순간, 내가 작은 목소리로 덧붙였다.

"아마 지금 문에 귀를 갖다 대고 우리가 나누는 이야기를 듣고 있을 겁니다."

"누가요? 대표님이요?"

"네."

"설마요?"

"내기해도 좋습니다. 확인해 볼래요?"

내가 조용히 하라는 의미로 입에 검지를 댄 후 발소리를 죽인 채 대표실 문 앞으로 걸어갔다. 그리고 예고 없이 문을 벌컥 열자, 백주민이 중심을 잃고 앞으로 넘어졌다.

"아, 노크한다는 걸 깜박했네요."

내가 픽 웃으며 말하자, 백주민이 멋쩍게 웃으며 입을 뗐다.

"마침 나가려던 참이었는데 갑자기 문이 열려서 중심을 잃었네요."

"네, 다시 들어갈까요?"

"그러시죠."

신세연에게 한쪽 눈을 찡긋한 내가 백주민과 함께 대표실로 들어갔다.

"채동욱 대표님이 한번 만나고 싶어 합니다."

"저를… 요?"

"네."

"왜 저를 만나시려는 겁니까?"

"러스트 인베스트먼트가 갖고 있는 중광토건 지분 때문입니다."

"'밸류에셋'에서 중광토건 지분을 매입하고 있다는 것은 저도 알고 있었습니다. 그럼… 러스트 인베스트먼트가 보유한 중광토건 지분 때문에 저를 만나려는 겁니까?"

"맞습니다."

"어떻게 할까요?"

"채동욱 대표님은 중광토건을 괜찮은 건설 회사로 만들기로 결심했습니다. 그러기 위해서는 주총을 열어서 현재 경영진을 싹 물갈이해야 합니다. 그래서 러스트 인베스트먼트의 지분을 필요로 하는 겁니다."

"지분을 채 대표님에게 넘기란 뜻입니까?"

"그건 아닙니다."

"그럼……?"

"주총에서 의결권을 행사할 때, 채동욱 대표님의 편을 들어주시면 됩니다."

"아!"

비로소 말뜻을 이해하고 고개를 끄덕이던 백주민이 질문했다.

"서진우 씨가 설득했습니까?"

"네."

"이유도 들어 볼 수 있을까요?"

"그냥 그런 생각이 들었습니다. 중광토건에서 일하는 직원들, 그리고 그 가족들은 아무 죄가 없다는 생각이요."

"그렇긴… 하죠."

"그리고 수익은 적게 내더라도 제대로 된 집을 짓는 괜찮은 건설 회사가 하나쯤 있는 것도 나쁘지 않겠다는 생각도 들었고요."

재차 고개를 끄덕이던 백주민이 말했다.

"그럼 중광토건 주식은 오랫동안 팔지 말아야겠네요."

*   *   *

"죄송합니다."

나오키 요시노리가 고개를 숙이고 있는 모습을 힐끗 살핀 이토 겐지가 가볍게 손을 내저었다.

"가!"

"한 번 더 기회를 주시면……."

"두 번씩이나 기회를 줬으면 충분하지 않나?"

나오키 요시노리의 말문이 막힌 순간, 이토 겐지가 덧붙였다.

"귀한 손님이 오시기로 했다."

"…알겠습니다."

"아직 키즈나카미를 버릴 생각은 없다."

"감사합니다."

"더 이상의 실수는 용납하지 않는다."

"명심, 또 명심하겠습니다."

나오키 요시노리가 구십 도로 고개를 숙여 인사하고 떠난 후 이토 겐지가 술잔을 향해 손을 뻗었다.

"결국… 다시 손을 댔군."

간암으로 인해 죽음에 가까이 다가갔던 기억이 남아 있었기에 이번에는 절대 술을 입에 대지 않으려고 노력했다.

하지만 결국 다시 술을 입에 댈 수밖에 없었다.

"서진우!"

잠시 후 이토 겐지가 서진우의 이름을 낮게 뇌까렸다.

다시 술을 마시게 만든 원흉이 바로 서진우였기 때문이었다.

"손님, 오셨습니다."

술잔에 담긴 호박색 술을 물끄러미 응시하고 있을 때, 종업원이 다가와 손님이 도착했음을 알렸다.

"모셔."

드르륵.

미닫이문이 열리고 바다를 건너온 손님이 모습을 드러냈다.

"먼 길 오시느라 고생하셨습니다."

이토 겐지가 인사를 건네자, 홍정문이 고개를 숙였다.

"초대해 주셔서 감사합니다."

한일 관계 개선을 위한 국회의원 교류.

홍정문이 일본에 방문해서 참석하는 행사였다. 그리고 이 행사를 기획했던 것이 이토 겐지였다.

시선을 끌지 않고 자연스럽게 홍정문을 만나기 위해 기획한 행사.

"앉으시죠."

"네."

"한 잔 받으시겠습니까?"

이토 겐지가 제안하자 홍정문의 눈에 이채가 떠올랐다.

"술을… 드십니까?"

홍정문은 꽤 오랜 시간 이토 겐지를 알아 왔다. 그런데 한 번도 이토 겐지가 술을 마시는 모습을 본 적이 없었다.

그래서 술을 권하는 이토 겐지로 인해 놀란 것이었다.

"마실 줄은 압니다. 그동안 참았던 거죠. 그런데… 요새 언짢은 일이 많아서 오늘은 참기 힘들군요."

이토 겐지가 말을 마친 순간, 홍정문이 긴장하는 것이 느껴졌다.

"요즘 어떻습니까?"

"뭘 물으시는 겁니까?"

"일이 잘 진행되는가를 물은 겁니다."

"곤란한 일이 몇 가지 있습니다."

'역시 그렇군!'

이토 겐지가 술잔을 들어 입으로 가져갔다.

홍정문이 한국 정계의 거물이 될 수 있었던 데는 이토 겐지의 도움이 있었다.

거액의 정치 자금을 지원했을 뿐만 아니라, 회귀자로서 알고 있는 정보들을 알려 주어서 그가 사람들을 모을 수 있도록 기반을 마련해 두었다.

하지만 서진우가 등장하면서 한국에서의 일도 틀어지고 있을 것이란 짐작을 했는데 예상대로였다.

"너무 걱정할 필요 없습니다. 꼬였던 일은 때가 되면 다시 풀릴 테니까요."

"그 말씀은……?"

"날 믿으란 뜻입니다."

쪼르륵.

이토 겐지가 자세를 바싹 낮춘 홍정문의 잔에 사케를 따라 주며 입을 뗐다.

"홍 의원이 해 주셔야 할 일이 있습니다."

"하명하십시오."

"법안을 하나 만들어 주십시오."

"어떤 법안을 만들면 될까요?"

"한일 양국의 문화 교류를 막는 법안입니다."

"네?"

예상치 못했던 제안이기 때문일까.

홍정문이 당황한 표정을 감추지 않고 드러냈다.

'대체 왜 그런 법안을 만들어야 하느냐?'

그의 표정에는 이런 의문이 떠올라 있었지만, 이토 겐지는 그가 품고 있는 의문을 해소해 줄 생각이 없었다.

"내가 이유까지 알려 주길 바랍니까?"

"아… 아닙니다."

이토 겐지가 싸늘한 목소리로 쏘아붙이자 홍정문이 당황한 표정으로 고개를 가로저었다.

'멍청한 인간!'

그런 그를 이토 겐지가 한심하게 바라보았다.

홍정문에게 한일 간의 문화 교류를 막는 법안을 만들라고 지시한 이유.

이것 외에는 한류 열풍을 막을 방법이 없었기 때문이었다.

그리고 한류 열풍이 불면 한국에는 막대한 유무형의 국익이 발생할 것이 자명했지만, 홍정문은 국익 따윈 아무런 관심도 없는 듯 보였다.

그는 오직 자신의 돈과 권력을 지키고 더 늘리는 것에만 관심이 있었다.

"무척 중요한 일입니다."

"네? 네."

"그러니까 꼭 법안을 통과시켜야 합니다."

"명심하겠습니다."

홍정문이 다부진 각오를 밝힌 후에야 이토 겐지가 술잔을 들었다.

"건배 한 번 합시다."

*   *   *

병원에 들러서 채수빈을 만나고 집으로 돌아오니 시간은 자정에 가까워져 있었다.

지이잉, 지이잉.

샤워를 하고 잠잘 준비를 마쳤을 때, 휴대 전화가 진동했다.

'이 시간에… 누구지?'

밤늦은 시간에 걸려 오는 전화.

좋은 소식보다 안 좋은 소식일 경우가 더 많았다.

그래서 불안함을 느끼며 내가 통화 버튼을 눌렀다.

"여보세요?"

―저, 하선옥이에요. 기억하시죠?

"아, 하선옥 씨."

물론 기억하고 있었다. 그리고 그녀에게 JK미디어 일본 지사에서 일해 보라고 먼저 제안했던 것도 떠올랐다.

그간 워낙 경황이 없어서 제대로 그녀를 챙기지 못했다는 생각이 들어서 미안한 마음이 든 내가 물었다.

"연락은 받았죠?"

―네. 아직 일본 지사가 설립되지는 않았지만, 저도 이제 JK미디어 직원이에요.

"아, 다행이네요."

천태범이 부탁을 받고 중간에서 일을 깔끔하게 처리했다는 사실을 알고 안도한 내가 그녀에게 물었다.

"그런데 이 시간에 무슨 일로 전화하신 겁니까?"

―너무 늦은 시간이긴 하죠? 죄송해요. 그런데 꼭 전무님께 알려 드려야 하는 일 같아서 실례를 무릅쓰고 연락드렸어요.

'역시… 센스 있네.'

직원이 되자마자 내게 전무님이란 호칭을 사용하는 하선옥의 센스에 내심 감탄하고 있을 때, 그녀가 다시 입을 뗐다.

―일전에 이토 겐지에 대해서 관심이 많다고 말씀하셨잖아요? 그래서 제가 따로 조사를 좀 해 봤는데…….

그리고 하선옥의 입에서 이토 겐지의 이름이 흘러나온 순간, 내가 미간을 찌푸렸다.

"왜 조사를 했습니까?"

―네?

"너무 위험하고 무모한 일을 했다는 뜻입니다."

내가 질책하자, 하선옥이 조금 풀 죽은 목소리로 대답했다.

―죄송합니다. 아직 일본 지사가 설립되기 전이라 딱히 하는 일이 없어서 뭐라도 도움이 되고 싶은 의욕이 앞서서 제가 실수를 한 것 같습니다. 그런데…….

"그런데 뭡니까?"

―제가 중요한 정보를 알아낸 것 같아요.

하선옥이 이토 겐지를 조사한 것은 이미 벌어진 일.

더 질책하고 주의를 주는 대신 내가 물었다.

"무슨 정보를 알아냈습니까?"

―이토 겐지가 한국 국회의원을 만났어요.

"국회의원… 이요?"

―네.

"누군지도 확인했습니까?"

―네. 홍정문 의원이었어요.

하선옥이 입에서 홍정문이라는 이름이 흘러나온 순간, 휴대 전화를 쥔 내 손에 힘이 들어갔다.

이토 겐지와 홍정문.

나라 바로 세우기 모임에 이토 겐지가 거액을 지원한다는 것을 통해서 두 사람 사이에 모종의 커넥션이 있다는 것은 이미 알고 있었다.

그러니 두 사람이 만나는 것은 특별한 일이 아니었다.

그렇지만 중요한 것은 시점이었다.

하필 이 시점에 두 사람이 만났다는 것은 그냥 흘려 넘겨서는 안 되는 정보였다.

'왜… 이 시점에 만났을까?'

그래서 두 사람이 만난 이유에 대해서 고민하고 있을 때, 하선옥의 이야기가 이어졌다.

―두 사람이 만나서 이상한 이야기를 했어요.

그리고 하선옥의 이야기를 들은 내가 깜짝 놀라며 물었다.

"무슨 이야기를 했는지도 들었습니까?"

─네.

"어떻게……?"

─이토 겐지라는 사람에 대해서 조사하다가 '하루'라는 고급 식당의 단골이란 사실을 알게 됐거든요. 그래서 거기서 저녁 시간에 아르바이트를 시작했어요. 꼬투리를 잡을 수 있지 않을까 해서요. 덕분에 두 사람이 나누는 대화를 우연히 엿듣게 됐어요.

무모하리만치 위험한 시도였다.

불행 중 다행인 것은 이토 겐지가 하선옥의 존재를 의심하거나 알아채지 못했다는 점이었다.

"하선옥 씨."

─네, 전무님.

"아까도 말했지만… 너무 위험한 행동입니다."

─네, 그만둘게요.

"약속하신 겁니다."

─네.

힘주어 대답한 하선옥이 덧붙였다.

─그럼 이제 얘기해도 되나요?

"네?"

─제가 들었던 대화, 전무님께 말씀드려도 되냐고요.

"말씀하시죠."

두 사람이 만나서 어떤 대화를 나누었는지가 궁금했기에 내가 귀를 기울이고 있자, 하선옥이 알려 주었다.

─법안을 만들라고 했어요.

"법안… 이요?"

"네. 이토 겐지가 홍정문 의원에게 그렇게 지시했어요."

─혹시 어떤 법안인지도 들었습니까?

"그게 제대로 듣지 못했는데… 문화라는 말은 확실히 들었어요."

'문화? 문화와 관련된 법안?'

내 머릿속이 분주하게 움직였다.

'왜 이토 겐지가 이 타이밍에 홍정문 의원을 일본으로 불러서 문화와 관련된 법안을 만들라는 지시를 내렸을까?'

잠시 후 내 머릿속에 떠오른 것은… 이라부 미디어와 오치아이 미디어였다.

내가 두 회사와 손을 잡은 이상, 이토 겐지가 가진 힘과 권력으로도 한국 콘텐츠가 일본에 상륙하는 것을 막기는 힘들게 됐다.

이토 겐지가 그 사실을 모를 리 없을 터.

그런 그가 한류 열풍이 일본에 상륙하는 것을 막기 위해서 선택할 수 있는 마지막 패는 하나뿐이었다.

바로 한국 콘텐츠가 일본에 진출하는 것을 법안을 이용해서 원천 봉쇄 하는 것이었다.

'양국 문화 교류를 금지하는 법안을 만들라고 지시한 거야.'

이토 겐지가 홍정문을 만나서 제정하라고 지시한 법안의 정체를 파악하는 데 성공한 내 마음이 조급해졌다.

만약 그 법안이 국회 문턱을 넘어 통과된다면?

한류 열풍이 일본에 상륙하는 것이 원천 봉쇄 되기 때문이었다.

'이걸… 어떻게 막지?'

법안이 만들어져서 통과되는 것을 막을 방법을 찾던 내가 떠올린 것은 장정우의 얼굴이었다.

'서둘러야겠네.'

내 마음이 조급해졌다.

그렇지만 서두른다고 해서 능사는 아닌 법.

그래서 난 장정우를 활용해서 법안 제정을 막을 방법에 대해서 고심하기 시작했다.

*   *   *

딸랑.

카페로 들어선 조동재가 재빨리 내부를 살폈다. 그리고 이강희를 찾는 것은 어렵지 않았다.

'단단히 화가 났겠네.'

약속 시간은 오후 7시.

그런데 지금은 7시 20분이었다.

약속 시간에 20분이나 늦은 탓에 이강희가 단단히 화가 났을 거라 지레짐작하며 조동재가 다가갔다.

"미안. 서두른다고 했는데……."

"누구세요?"

일단 사과부터 하면서 맞은편에 앉으려던 조동재가 엉거주춤한 자세로 멈춰 섰다.

"강희야."

"누군데 허락도 받지 않고 내 앞에 앉으려고 하는 거예요?"

"나야."

"조동재 검사님이… 맞아요?"

"강희야, 이러지 말고……."

"아, 맞네. 하도 오래간만이라 얼굴도 까먹을 뻔했네."

이강희의 표정과 목소리에서는 냉기가 풀풀 풍기고 있었다.

'화가 많이 났네. 참… 어렵네.'

조동재가 앉은 것도 일어선 것도 아닌 엉거주춤한 자세를 유지한 채 짤막한 한숨을 내쉬었다.

검사로서 흉악범들을 상대하는 것보다 잔뜩 화가 난 이강희를 상대하는 것이 훨씬 더 어렵게 느껴졌기 때문이었다.

'어떻게 화를 풀어 줘야 하나?'

빠르게 생각을 이어 나가던 조동재가 떠올린 것.

백주민이 프러포즈를 하며 커다란 다이아가 박힌 반지를 내밀자 기쁘고, 감동해서 펑펑 울던 신세연의 모습이었다.

Chapter. 4

'가방이다!'

검사의 직감이 말하고 있었다.

이강희의 화를 풀어 주기 위해서는 명품 가방의 힘을 빌려야 한다고.

"백화점, 갈까?"

"백화점에는 왜요?"

"명품 가방 하나 사 주려고."

"가방이요?"

"응."

"됐네요."

"왜 됐다는 거야?"

"검사 월급 빤한데 무슨 명품 가방을 사요? 돈도 없으면서."

살짝 자존심이 상하긴 했지만 조동재는 반박하지 못했다.

이강희의 말처럼 검사 월급은 빤했고, 수사하는 데 사비를 사용하는 경우도 많다 보니 항상 쪼들렸다.

"때려치울까?"

"뭐요?"

"검사 생활 관두고 오라는 로펌 많은데 그리로 갈까? 그럼 명품 가방 자주 사 줄 수 있을 것 같은데."

조동재의 말이 끝나기 무섭게 대답이 돌아왔다.

"안 됩니다."

그리고 대답을 꺼낸 것은 이강희가 아니었다.

"어?"

카페 안으로 찾아와 있는 서진우를 발견한 조동재가 놀란 표정을 감추지 못한 채 물었다.

"후배가 여기 어떻게……?"

"선배님 만나러 왔습니다."

"나? 내가 여기 있는 건 어떻게 알고?"

"다 아는 수가 있습니다. 그보다… 안 됩니다."

"뭐가 안 된다는 거야?"

"검사 생활 관두고 로펌 가시면 안 된다는 뜻입니다."

"왜 안 된다는 뜻이야?"

"그건 강희 씨가 원하는 게 아니니까요."

"……?"

"맞죠?"

이강희가 고개를 흔들 거라고 예상했는데.

조동재의 예상은 빗나갔다.

"맞아."

이강희가 맞다고 대답하는 것을 들은 조동재가 참지 못하고 질문했다.

"왜 싫은 거야?"

"내가 좋아한 것은 검사 조동재 씨였거든요."

"……?"

"불의를 참지 못하고, 나쁜 놈들을 처단하는 검사 조동재 씨가 멋있었어요. 그런데 변호사로 일하면 불의와 타협해야 하고 나쁜 놈들을 위해서 변호도 해야 하잖아요. 그런 조동재 씨는 싫어요."

"하지만……."

"하지만 뭐요?"

"검사는… 돈을 못 벌어."

조동재가 이실직고한 순간, 이강희가 말했다.

"상관없어요."

"응?"

"돈은 내가 많이 버니까."

"강희가 벌어 봐야 얼마나 번다고⋯⋯."

"진우야."

"네."

"내가 작년에 얼마나 벌었어?"

"십억 좀 넘게 벌었던데요."

'십⋯ 억?'

엄청난 액수에 조동재가 눈을 부릅떴을 때, 서진우가 말을 이었다.

"광고 거절 안 하고 몇 개 더 찍었으면 못해도 최소 30억은 벌었을 거라고 신대섭 씨가 많이 아쉬워하던데요."

'30⋯ 억?'

짐작보다 훨씬 큰 금액에 조동재의 입이 벌어진 순간이었다.

"자, 이제 돈 걱정은 안 해도 될 것 같네요."

서진우가 빙긋 웃으며 덧붙였다.

"그러니까 아직까지는 검사복 벗으면 안 됩니다. 아니, 앞으로도 쭉 검사복 벗으시면 안 됩니다. 지검장도 하시고, 총장도 하셔야 하니까요."

"⋯⋯."

"어차피 그건 먼 훗날의 이야기이고, 일단 지금 당장 해 주셔야 할 일도 남아 있으니까요."

"당장 해야 할 일?"

"네. 상황이 좀 급박하게 돌아가서요."

"무슨 일인데?"

"여기서 얘기하긴 그렇고… 조용한 곳으로 가시죠."

"하지만……."

그동안 한남시 신도시 사업 수사를 하느라 한 달 가까이 이강희를 만나지 못했다. 그런데 만나자마자 다시 헤어지면, 이강희가 더 화가 날 것이 분명했다.

그래서 조동재가 망설이며 눈치를 살피자, 이강희가 서진우를 향해 물었다.

"뭘 약속해 줄 수 있어?"

"네?"

"조동재 씨 빌려 가면 뭘 약속할 거냐고?"

"차장이요."

"차장? 확실해?"

"비리를 저지른 현직 국회의원들을 잡아넣으면 차장 검사 자리는 확보될 겁니다. 그리고 하나 더 약속드리죠."

"또 뭘 약속해 줄 수 있는데?"

"인터뷰! 조 검사님은 스타 검사가 될 겁니다."

"나쁘지 않네. 아니, 좋네."

이강희가 만족스러운 미소를 지은 채 물었다.

"들었죠?"

"응?"

"부장 검사 말고 차장 검사랑 결혼할래요."

"……?"

"내 말, 무슨 뜻인지 이해했죠?"

"그럼. 이해했지."

"화이팅!"

이강희가 먼저 떠난 후 서진우가 물었다.

"진짜 이해하셨어요?"

"응?"

"제대로 이해 못 하신 것 같은데요?"

'역시… 날카로워!'

엉겁결에 무슨 뜻인지 이해했다고 대답했지만, 솔직히 말하면 완벽하게 이해했는지는 의문이었다.

제대로 확인해 볼 필요가 있다는 생각이 들어서 조동재가 물었다.

"열심히 해서 진급하란 뜻, 맞지?"

"후우."

한숨부터 푹 내쉬는 서진우의 반응을 통해서 조동재는 자신이 잘못 이해했다는 것을 간파했다.

"아냐?"

"아닙니다."

"그럼 뭔데? 아까 차장 검사로 진급하라고……."

"프러포즈한 겁니다."

"프러포즈? 누가?"

"강희 씨가요."

조동재가 연신 눈을 깜박였다.

"언제… 프러포즈를 한 거야?"

"아까 했잖아요."

"그러니까 언제……?"

"부장 검사 말고 차장 검사랑 결혼할래요."

"……?"

"선배님이 차장 검사 달면 결혼하겠다는 뜻이잖습니까?"

"그게… 그런 뜻이었어?"

비로소 자신이 프러포즈를 받았다는 사실을 깨달은 조동재의 입술이 실룩였다.

의욕이 확 샘솟는달까.

"가자."

"어딜……?"

"조용한 곳."

조동재가 히죽 웃으며 덧붙였다.

"빨리 차장 검사 달고 싶거든."

*　　　　*　　　　*

강남의 일식집.

살짝 눈이 풀린 장정우가 휴대 전화를 들어서 홍정문 의원에게 전화했다.

하지만 이번에도 연결이 되지 않았다.

"빌어먹을!"

홍정문 의원과 이렇게 오랫동안 통화가 되지 않은 것.

이번이 처음이었다.

그래서 초조한 기색을 감추지 못하고 술잔을 들어 비웠을 때였다.

드르륵.

미닫이 문이 열리고 산적처럼 험악한 인상의 남자가 모습을 보였다.

"누구……?"

술에 취해 방을 잘못 찾아온 것이라 지레짐작한 장정우가 눈살을 찌푸린 순간이었다.

험악한 인상의 남자 뒤로 익숙한 얼굴이 보였다.

'저 자식… 이름이 뭐였더라?'

영화 'IMF' 때문에 한 차례 만났던 적이 있는 놈이었다.

그렇지만 이름이 기억나지 않아서 서둘러 기억을 더듬고 있을 때였다.

"조동재."

"……?"

"내 이름 말이야. 들어 봤지?"

장정우가 고개를 끄덕였다.

조동재란 이름은 분명히 기억하고 있어서였다.

'서부 지검 부장 검사 조동재!'

중광토건 이경호 대표를 구속시킨 장본인이 바로 조동재였다.

언젠가 마주칠 날이 있을 거라 짐작했는데.

예상보다 일찍 만난 셈이었다.

"검사님이 여긴 어쩐 일이십니까?"

"지검에서 만나기 전에 안면이나 익혀 두려고."

조동재는 실실 웃으며 대수롭지 않게 말했다.

하지만 장정우는 담담할 수 없었다.

방금 그가 꺼낸 말, 머잖아 자신을 서부지검으로 소환한다는 뜻이었으니까.

'그럴 일은 절대 없어. 의원님이 도와주실 거야.'

장정우가 애써 표정을 관리하고 있을 때, 조동재가 물었다.

"들어가도 되지?"

"그러시죠."

허락하기 무섭게 조동재가 방으로 들어왔다.

"아, 소개부터 하지. 여긴 내 후배."

'후배?'

장정우가 아직 이름을 떠올리지 못한 어린놈을 바라보았다.

"지난번에 한 번 뵀었죠?"

"그래, 기억나. 이름이……?"

"서진우라고 합니다."

"서진우. 그래. 서진우였어."

"두정식품 때문에 속 많이 상하셨죠?"

"……?"

"원래 공직 생활 그만두시고 두정식품 오너가 될 계획이셨는데 그 계획이 막판에 틀어지셨잖습니까?"

장정우가 당혹스런 표정을 지은 채 물었다.

"그걸… 어떻게 알고 있지?"

"제가 막았으니까 알고 있죠."

"……?"

"두정식품에 투자한 게 바로 접니다."

장정우가 두 눈을 가늘게 좁힌 순간, 조동재가 물었다.

"방금 한 말, 사실이야?"

"네."

"내가 자주 애용하는 컵밥 만든 그 두정식품을 말하는 거야?"

"맞습니다."

"헐. 우리 후배 부자였네?"

"축의금 많이 내겠습니다."

"그거 듣던 중 반가운 소리구만."

조동재는 축의금을 많이 낸다는 이야기를 듣고 만족했다.

하지만 장정우의 놀란 가슴은 진정되지 않았다.

"이유를… 들을 수 있을까?"

"어떤 이유 말입니까?"

"다 망해 가던 두정식품에 투자한 이유 말이야."

"이유는 간단합니다. 두정식품이 잠시 위기에 처했지만, 그 위기를 극복하고 성공한다는 확신이 있었거든요."

서진우가 꺼낸 것은 모범 답안.

그렇지만 장정우는 무심코 넘길 수 없었다.

"두정식품은 무조건 성공해. 그분이 확신하고 계시거든."

방금 서진우가 꺼낸 대답과 홍정문이 했던 이야기 중 묘하게 겹쳐지는 부분이 존재했기 때문이었다.

그냥 넘길 수 없는 사안이라고 판단한 장정우가 다시 입을 뗐다.

"어떻게 성공을 확신한……?"

하지만 장정우는 원래 하려던 질문을 끝마치지 못했다.

"지금 그게 중요한 게 아닌 것 같은데요."

서진우가 도중을 질문을 자르며 끼어들었기 때문이었다.

"그럼 뭐가 중요하지?"

장정우가 못마땅한 표정으로 질문하자, 서진우가 대답했다.

"홍정문 의원이 당신을 버렸다는 게 중요하죠."

*　　　　*　　　　*

난 더 거칠게 몰아붙이지는 않았다.

맞은편에 앉은 채 장정우를 가만히 바라보았다.

가만히 있지 못하고 쉬지 않고 움직이는 손가락, 어디에 둬야 될지 모르겠다는 듯 계속 흔들리는 눈동자.

'변했네.'

재정국 차관일 때, 장정우를 만난 적이 있었다.

당시 장정우는 매사에 자신감이 가득 차 있었다.

그런데 지금은 달랐다.

표정에서 자신감이 사라지고, 초조함이 역력했다.

궁지에 몰려서?

그런 이유가 아니다.

'IMF'가 미리 개봉해서 계획이 틀어질 위기에 처했을 당시에도 장정우는 당당하고 자신감이 넘쳤다.

그랬던 그가 이렇게 초조함을 느끼는 이유는 하나뿐이었다.

'홍정문 의원!'

장정우가 보여 줬던 자신감의 원천은 바로 홍정문 의원이었다. 그런 그에게 버림받았다는 내 이야기를 듣고 장정우는 동요하고 있는 것이었다.

"…헛소리."

"……?"

"그럴 리가 없어."

잠시 후, 장정우가 애써 동요를 가라앉히며 말했다.

그의 목소리에 깃든 감정은 확신.

'역시… 쉽지 않네.'

말 몇 마디로 장정우를 흔드는 것이 불가능할 거란 것은 이미 예상하고 있었다. 그래서 난 당황하는 대신 다시 입을 뗐다.

"홍정문 의원, 전화 안 받죠?"

"……."

"앞으로도 마찬가지일 겁니다."

"의원님께서 그럴 리가……."

"당신을 버렸다니까요. 못 믿으시겠다는 표정이시니까… 증거를 보여 드리죠."

"증거? 무슨 증거?"

간신히 중심을 잡았던 장정우의 눈동자가 다시 정처 없이 흔들리기 시작했다. 그런 그의 시선이 조동재에게 향했다.

내가 조동재를 바라보는 것을 확인했기 때문이었다.

"내가 증거야."

그 말을 들은 장정우의 두 눈에 의아함이 깃든 순간, 조동재가 다시 입을 뗐다.

"혹시 수사 가이드라인이라고 들어 봤어? 하긴 나랏밥 먹으면서 불법을 여러 차례 저질렀던데… 수사 가이드라인 정도는 알고 있겠지."

이강희 앞에서는 고양이 앞의 쥐처럼 꼼짝 못 하지만, 범죄자들 앞에서는 쥐가 아닌 고양이가 되는 조동재였다.

그래서일까.

조동재가 아직 본론으로 돌입하기 전임에도 불구하고, 장정우는 벌써 긴장한 기색이 역력했다.

그리고 장정우가 긴장한 이유.

조동재가 흘리듯 말했던 나랏밥 먹으면서 불법을 여러 차례 저질렀다는 이야기 때문이었다.

장정우 입장에서는 조동재가 자신에 대해서 아주 오랫동안 철저하게 조사를 마친 것처럼 느껴졌으리라.

"우리가 수사 시작하고 얼마 지나지 않아서 저 윗선에서 수사 가이드라인이라는 게 내려오더라고."

"갑자기… 그 이야기를 하는 이유가 뭡니까?"

"잠자코 들어 봐. 다 이유가 있으니까."

"……."

"유일 인베스트먼트는 건드리지 말라더군. 다시 말해… 중광토건과 하나철강은 버린다는 뜻이지."

장정우가 혀를 내밀어 입술을 적신 순간, 조동재가 이야기를 이어 나갔다.

"윗선에서 압력이 내려왔어도 우리는 칼잡이들이야. 칼을 빼 들었으면 무라도 베야 하는 입장이지. 그래서 하는 말인데… 혼자 죽을 거야?"

"무슨… 뜻입니까?"

"혼자 죽을래? 같이 죽을래? 선택하란 뜻이야. 아, 한 가지는 약속할게. 난 반골 기질이 있어서 위에서 시키는 대로 안 해. 국회의원이고 뭐고 안 봐준단 뜻이야."

장정우는 가타부타 대답하지 않았다.

침통한 표정으로 고민에 잠겨 있는 그를 지켜보고 있을 때, 조동재가 젓가락을 들었다.

"후배, 배고프지 않아?"

"듣고 보니 배고프네요."

"여기 음식 비싸 보이는데… 이것 좀 먹어도 되지?"

장정우는 질문에 대답할 여력도 없어 보였다.

"허락한 걸로 알고 먹을게."

조동재가 내게 눈짓한 후 젓가락을 움직이기 시작했다.

더 몰아붙이지 말고 결정을 내릴 시간을 주자는 의미임을 간파한 나도 젓가락을 들어서 음식을 먹었다.

그리고 얼마쯤 시간이 흘렀을까.

적당히 배가 찼다는 느낌을 받았을 때, 장정우가 입을 뗐다.

"이청솔 지검장님을 만나고 싶습니다."

*　　　　　*　　　　　*

서부지검장실.

"여긴 처음이지?"

이청솔의 질문에 내가 고개를 끄덕였다.

"처음입니다."

"어떤 것 같아?"

"생각했던 것보다 좁네요."

"좁아?"

"네. 선배님의 그릇을 품기에는 지검장실이 너무 좁은 것 같습니다."

내 대답이 무척 마음에 들었기 때문일까.

이청솔이 크게 웃은 후 조동재를 바라보며 핀잔을 건넸다.

"동재야, 좀 배워라."

"뭘요?"

"말하는 법. 얼마나 센스가 넘치냐?"

"난 그런 것 몰라요. 빨리 장정우 만나서 무슨 얘기 했는지 나 알려 주세요."

조동재가 재촉하자, 이청솔이 의아한 시선을 던졌다.

"왜 이래?"

"뭐가요?"

"갑자기 왜 이렇게 열정적으로 변했어?"

"수사 열정 하면 또 이 조동재 아닙니까?"

조동재가 대답했지만, 이청솔은 순순히 믿는 기색이 아니었다.

그래서 내가 진실을 알려 주었다.

"결혼하시고 싶으신가 봅니다."

"결혼?"

"차장 검사 되면 결혼하자고 프러포즈 받으셨거든요."

"프러포즈를 한 게 아니라… 프러포즈를 받았다고?"

이청솔은 불신 어린 시선을 던졌지만, 엄연한 사실이었다. 그리고 당연하다는 듯 조동재의 양어깨에 힘이 들어갔다.

"내가 이런 사람입니다. 부장 달고 있을 인재가 아니라니까요."

"그런 이유라면 빨리 차장 달게 해 줘야겠네."

"진짜죠?"

"내가 언제 없는 말 한 적 있어?"

이청솔이 픽 웃은 후 덧붙였다.

"부장 검사 약속은 못 믿겠다고 하더라."

"장정우가요?"

"그래. 진짜 윗선까지 칠 자신 있냐고 묻더라고."

"같이 죽기로 결심했나 보네요."

"응. 받아."

이청솔이 바지 주머니에서 열쇠 하나를 꺼내서 내밀었다.

"이 열쇠는 뭡니까?"

"오피스텔 열쇠."

"설마……?"

"설마 뭐?"

"결혼 선물을 미리 주시는 겁니까?"

"결혼 선물?"

"저희 신혼집까지 마련해 주시고. 감동입니다."

금방이라도 감동 받아 울 듯한 표정을 짓고 있는 조동재의 표정을 일그러지게 만든 것은 이청솔의 한마디였다.

"그거 장정우 오피스텔 열쇠야."

"네?"

"동재야. 내가 널 많이 아끼긴 하지만… 나도 평생 검사로 살았어. 너한테 결혼 선물로 집 사 줄 정도로 여유가 있겠냐?"

"쩝!"

조동재가 입맛을 다신 순간, 이청솔이 오피스텔 열쇠를 건넨 진짜 이유를 밝혔다.

"장정우도 보통내기는 아니더라."

"무슨 뜻입니까?"

"이런 날이 찾아올 것을 대비했더라고."

"……?"

"그래서 혼자 죽지 않으려고 증거를 차곡차곡 모아 뒀다고 하더군."

"그 증거가… 이 오피스텔에 있는 겁니까?"

"맞아. 그런데……."

"그런데 뭡니까?"

"잘해야 한다더라. 홍정문을 비롯한 나라 바로세우기 모임에 합류해 있는 의원들을 법정에 세울 증거들은 차고 넘치지만… 상대가 만만치 않다고 걱정했어."

"우리 걱정을 했다는 겁니까?"

"그래."

"오지랖이 넓은 거야? 아니면, 동지 의식이 강한 거야?"

"동지 의식?"

"지금이야 하나철강 대표지만, 장정우도 오래 나랏밥 먹었잖습니까? 그래서 우리 걱정을 해 주는 걸 수도 있죠."

"너무 갔다."

"그런가요?"

"동지애가 있을 정도로 괜찮은 인간은 아니거든. 어쨌든 앞으로 중요한 건 우리가 어떻게 하느냐야."

"뭘, 그런 걸로 고민하고 계십니까? 그냥 하던 대로 하면 되죠."

조동재는 대수롭지 않게 말했지만, 이청솔은 고개를 흔들었다.

"그렇게 간단하지가 않아."

"뭐가요?"

"상대가 강해. 조금만 틈을 보이면 오히려 역습을 당할 거야."

이청솔의 조심성이 지나치게 많은 것이 아니었다.

상대는 여당 실세인 홍정문!

그는 잠시만 방심하더라도 법망을 피해 나갈 것이었다.

"지검장님."

"응?"

"판을 키우시는 건 어떻습니까?"

내 제안을 들은 이청솔이 의아한 표정을 지었다.

"판을… 키우자니?"

"홍정문 의원을 버리게 만드시는 게 어떻습니까?"

"어떻게?"

"지금 겨누고 있는 총구의 방향을 바꾸면 됩니다."

내가 설명했지만 이청솔과 조동재는 제대로 이해한 기색이 아니었다.

"총구를 누구에게 겨누자는 뜻이야?"

그래서 이청솔이 질문한 순간, 내가 대답 대신 손가락을 들어 허공을 가리켰다.

"아니지?"

"네?"

"내가 생각하는 그 윗선이 아닌 거지?"

"아마 맞을 겁니다."

"……."

"총구를 대통령에게 겨누시죠."

이청솔의 얼굴에서 웃음기가 사라졌다. 그리고 조동재는 한 술 더 떠 얼굴에서 아예 핏기가 사라졌다.

"제정신이야?"

"그게 가능해?"

잠시 후 두 사람이 앞다투어 질문했다.

지금 제정신이냐고 물은 것은 이청솔이었고, 그게 가능하냐고 물은 것은 조동재였다.

난 먼저 조동재의 질문에 답했다.

"현 대통령도 나라 바로세우기 모임에서 잠시 활동했던 적이 있습니다."

"그건 나도 알아. 하지만 지금은 모임에서 탈퇴한 지 꽤 됐어."

"그래도 기록은 남죠."

"기록이 남다니?"

"정치 자금을 받은 기록이 남아 있을 겁니다."

"어디에 그 기록이……?"

기록이 남아 있는 위치를 질문하던 이청솔이 도중에 입을 다물었다.

내 시선이 그의 손에 들려 있는 오피스텔 열쇠로 향해 있는 것을 확인했기 때문이었다.

"VIP가 국회의원이던 시절에 나라 바로세우기 모임을 통해서 정치 자금을 후원받았던 기록을 장정우가 남겨 뒀다?"

"네."

"그걸로 VIP에게 총구를 겨누기에는 너무 무모해."

이청솔은 불안한 기색을 감추지 못한 채 말했다.

그리고 나도 그의 의견에 동의했다.

만약 일반적인 정치 자금이라면 이청솔의 말이 옳았다.

하지만 그 정치 자금의 출처가 나라 바로세우기 모임이라면 이야기가 또 달라진다.

"지검장님, 나라 바로세우기 모임에 정치 자금을 지원하는 게 어딘지 아십니까? 일본 기업들입니다."

"일본 기업들?"

"그중에는 전범 기업들도 포함돼 있죠."

"확실해?"

"확실합니다."

'결국 상대는 홍정문 의원이 될 것이다!'

이렇게 추측했기에 난 그동안 계속 나라 바로세우기 모임에 대해서 조사를 해 왔다.

그 조사 결과, 일본의 기업들이 각출한 돈을 운용하는 사모 펀드를 통해서 정치 자금을 지원받았다는 사실을 확인했다.

만약 장정우의 오피스텔에 현 대통령이 나라 바로세우기 모임을 통해서 정치 자금을 후원받았다는 증거가 남아 있다면?

'게임 오버!'

내가 속으로 말했다.

대한민국 사람들이 가장 싫어하는 나라는 일본.

서로 과거사로 얽혀 있기 때문이었다.

그런데 무려 대통령이 의원 시절에 일본 기업이, 그것도 전범 기업이 낸 돈을 정치 자금으로 받아 냈다는 사실이 알려진다면, 탄핵을 당할 수도 있는 중대한 사안이었다.

그 사실을 알기 때문일까.

이청솔의 표정에서는 웃음기에 이어 핏기까지 사라졌다.

"내가… 할 수 있을까?"

"그건 지검장님이 결정하셔야죠."

"내가 결정할 문제다?"

"네."

"만약에… 내가 거절하면 후배님은 어떻게 할 거야?"

"다른 사람을 찾아가야죠."

"누구?"

"총장님이요."

"총장님이… 후배님 편을 들어줄 것 같아?"

"아니요."

"그런데 왜 찾아가겠다는 거야?"

"그게 맞는 것 같아서요."

내 대답을 들은 이청솔이 깊은 한숨을 내쉬며 다시 물었다.

"결론은… 후배님은 끝까지 싸우겠다는 뜻이지?"

"네."

"돌겠네."

이청솔이 고민하다가 조동재를 바라보았다.

"동재야, 어떻게 하는 게 맞는 거지?"

"살아도 같이 살고 죽어도 같이 죽어야죠."

"……?"

"같이 장렬히 전사하시죠?"

"야! 그렇게 쉽게 결정할 사안이……."

"후배 혼자 사지로 몰 정도로 제가 의리가 없지는 않습니다. 만약 내가 중간에 후배를 배신했다는 사실을 알고 나면, 강희 씨가 실망해서 결혼은 없던 일로 하고 제 곁을 떠날지도 모릅니다. 강희 씨가 후배를 엄청 좋아하거든요. 그리고 강희 씨가 없는 삶은 제게 아무 의미도 없습니다."

"미친 새끼!"

"제가 미친놈인 거, 아시잖습니까?"

절레절레 고개를 내젓던 이청솔이 길게 한숨을 내쉬었다.

"어차피 여기까지 온 것도 후배님 덕분이야. 나도 의리는 있어. 살아도 같이 살고, 죽어도 같이 살아야지."

"역시. 제가 이래서 지검장님을 좋아한다니까요."

"시끄러."

조동재의 입을 다물게 만든 후, 이청솔이 물었다.

"방법은?"

"민정 수석을 혹시 아십니까?"

"알아. 내 사시 3년 선배야. 예전에 남해지청에서 같이 근무한 적도 있어서 친분도 있고. 그런데… 갑자기 민정 수석을 아느냐고 물은 이유가 뭐야?"

"민정 수석을 소통 창구로 활용하시죠."

"소통 창구?"

"대통령이 전범 기업을 포함한 일본 기업들에게서 정치 자금을 받은 적이 있다는 사실이 수사 중에 드러났다. 이제 엿될 일만 남았다."

"……?"

"이렇게 넌지시 알려 주면 어떤 반응이 돌아오지 않겠습니까?"

이청솔이 또 한 번 깊은 한숨을 내쉬는 것을 확인한 내가 덧붙였다.

"대통령이 타깃이 아닙니다."

"그럼……?"

"협상을 하자는 겁니다."

"협상? 무슨 협상?"

"수사 가이드라인에 관한 협상 말입니다."

"……"

"아마 대통령이 직접 수사 가이드라인을 내려 줄 겁니다."

*　　　　*　　　　*

청와대 민정 수석 곽성호가 찻잔을 내려놓으며 서부지검장 이청솔을 바라보았다.

"왜 만나자고 한 거야?"

"긴히 보고드릴 게 있어서입니다."

"보고?"

"네."

이청솔이 보고할 게 있어서 만나자고 청했다는 용건을 밝힌 순간, 곽성호가 슬쩍 눈살을 찌푸렸다.

"보고 체계도 무시하고 이게 무슨 짓이야?"

이청솔은 서부지검장.

자신에게 보고할 게 있으면 검찰총장을 통해서 해야 했다.

그런데 검찰총장을 건너뛰고 자신을 바로 찾아온 것이 못마땅한 것이었다.

"이만 일어나지. 보고할 게 있으면 정식으로 체계를 밟아서……"

"믿을 수가 없습니다."

"누굴 못 믿는다는 거야?"

"총장님을 못 믿겠습니다."

역정을 내며 자리에서 일어났던 곽성호가 다시 자리에 앉았다.

"무슨 뜻이야?"

"홍정문 의원, 알고 계시죠?"

"당연히 알지."

"총장님과 홍정문 의원이 가까운 관계입니다."

"그게 뭐?"

"만약 제가 총장님께 이번 수사 중에 알게 된 정보를 알리면 홍정문 의원의 귀에 들어갈 겁니다. 그럼 VIP께서도 곤란한 입장에 처할 수 있습니다. 그래서… 따로 만나 뵙자고 청한 겁니다."

"VIP가 곤란할 수도 있는 정보? 뭐지?"

"정치 자금과 관련된 문제입니다."

가뜩이나 찌푸려져 있던 곽성호의 미간이 더욱 찌푸려졌다.

"자세히 말해 봐."

"홍정문 의원이 이끌고 있는 나라 바로세우기 모임이란 사조직이 있습니다. 그 나라 바로세우기 모임을 일본 기업들이 후원하고 있습니다."

"일본 기업?"

"네, 전범 기업들도 포함돼 있는 걸 확인했습니다."

곽성호의 눈빛이 가라앉았다.

"VIP와 나라 바로세우기 모임이란 사조직 사이에 관계가 있다?"

"의원 시절에 2년 정도 몸담았습니다."

"그사이에 정치 자금을 후원받았다?"

"네."

"몰랐을 거야. VIP는 나라 바로세우기 모임에 정치 자금을 후원하는 것이 일본 기업이란 걸 몰랐으니까 정치 자금을 받았을 거야."

"저도 그렇게 생각합니다."

"그런데 뭐가 문제야?"

"국민들의 생각은 수석님이나 저와 다를 수도 있으니까요."

"……."

"일본 기업, 그것도 전범 기업이 후원한 정치 자금을 받은 대통령이라면… 과연 국민들이 용인할 수 있을까요?"

꽈악.

찻잔을 움켜쥔 곽성호의 손에 힘이 들어갔다.

절대 가벼운 사안이 아니란 사실을 알아챘기 때문이었다.

'VIP가 다쳐서는 안 된다!'

그것이 곽성호가 가장 먼저 떠올린 생각이었다.

"접어!"

"네?"

"수사 접으라고."

그래서 곽성호가 수사 중단을 지시했지만, 이청솔은 고개를 가로저었다.

"그 지시는 못 따르겠습니다."

"지금… 항명이라도 하겠다는 거야?"

"항명이 아닙니다."

"이게 항명이 아니면 대체……."

"VIP에게 위협이 될 수 있는 것을 이번 기회에 제거하자는 겁니다."

"무슨… 뜻이지?"

"VIP가 나라 바로세우기 모임을 통해서 정치 자금을 후원받았다는 것, 홍정문 의원이 모를까요? 홍정문 의원에 대해서 조사해 보니까 아주 꼼꼼하더라고요. 아마 증거까지 갖고 있을 겁니다. 이게 VIP의 약점이라고 판단하고 손에 꼭 쥐고 있겠죠. 그리고 가장 결정적인 순간에 이 약점을 터뜨릴 겁니다."

"흐음!"

이청솔의 주장은 일리가 있었다. 그래서 곽성호가 머릿속으로 분주하게 계산을 했다.

'어쩌지?'

쉽게 답을 찾을 수 없는 곤란한 문제.

갈증이 나서 미지근하게 식은 차를 벌컥 들이켰을 때, 이청솔이 말했다.

"수석님이 가장 잘하는 걸 하시죠."

"내가 가장 잘하는 것?"

"수사 가이드라인을 주시죠."

"수사 가이드라인을 달라니? 그게 무슨……?"

곽성호가 말을 하던 도중에 입을 다물었다.

"홍정문 의원을 치자고?"

"네."

"하지만……."

"수사 가이드라인만 주시면… 정치 자금 건은 쏙 빼고 홍정문 의원을 처리하겠습니다."

"죄목은?"

"살인 청부!"

"……?"

"얼마 전에 채수빈이라는 여배우가 납치될 뻔한 사건이 있었습니다. 야쿠자까지 가담한 납치 미수 사건이었죠. 그 사건을 계속 파다 보니까 중광토건 이경호 대표와 연관이 있었습니다. 계속 수사하여 이경호 대표 세컨드 폰을 압수했는데… 홍정문 의원과 문자를 주고받은 내용이 발견됐습니다."

"납치 미수 사건인데… 왜 살인 청부라고 한 거야?"

"너무 약하니까요."

"……?"

"여권 실세 국회의원을 잡아넣기에 납치 미수는 너무 약하지 않습니까?"

"죄를 만든다?"

"일단 잡아넣고 나서 파다 보면 분명 더 큰 게 나올 겁니다. 홍정문 의원이 더러운 짓을 많이 했더라고요. 잘하면 내란죄로도 엮을 수 있을 것 같습니다."

"내란죄? 어떻게?"

"IMF 구제 금융 사태가 발발했을 때, 당시 재정국 차관이었던 장정우와 짜고 국부를 유출한 정황이 발견됐습니다."

곽성호가 천천히 고개를 끄덕이며 이청솔에게 새삼스러운 시선을 던졌다.

오랫동안 알고 지냈던 이청솔은 평범한 검사였다.

그런데 불과 얼마 전부터 두각을 드러내더니 지검장 자리까지 올랐다.

그뿐이 아니었다.

겁이 많아서 윗선에서 내려온 수사 가이드라인을 철저하게 지키는 녀석이었는데.

지금은 민정 수석인 자신의 지시를 거스르려고 하고 있다. 그리고 그걸로 모자라 아예 먼저 수사 가이드라인을 제시했다.

'컸구나!'

이청솔이 컸다는 것을 인정하지 않을 수 없었다. 그래서 자신의 시선을 피하지 않는 이청솔을 응시하며 그가 말했다.

"칼은 내가 쥐어 주지."

"……?"

"칼춤 제대로 추려면 손에 들고 있는 칼이 날카로워야지."

"감사합니다."

'눈치도 빨라졌네.'

검찰총장 자리를 주겠다는 말을 알아듣고 빠르게 고개를 숙이는 이청솔을 향해 곽성호가 말했다.

"긴말 안 한다."

"……."

"속전속결, 알지?"

*　　　　*　　　　*

김포공항 입국장.

홍정문이 입국장 게이트를 통과한 순간, 험상궂은 인상의 사내가 다가왔다.

"홍정문 의원님?"

"누군가?"

"서부지검 부장 검사 조동재라고 합니다."

"서부지검?"

조동재가 검사란 사실을 듣고 홍정문이 슬쩍 눈살을 찌푸렸다.

"무슨 일인가? 막 일정을 마치고 입국한 상황이라서 피곤한데……."

"이토 겐지를 만나서 술 많이 드셨나 보네요."

"……?"

"어때요? 제가 일본에 가 본 적이 없어서 궁금해서 묻는 건데. 일본에서 마시는 사케는 더 맛있습니까?"

홍정문은 자신의 앞에서 이죽거리고 있는 조동재를 탓할 생각도 하지 못했다.

그의 입에서 이토 겐지의 이름이 흘러나온 것이 충격을 안겼기 때문이었다.

"비켜."

"네?"

"감히 부장 검사 따위가 날 떠보려고 해? 서부지검장이 누구야? 부하 관리도 형편없이 하는 무능한 새끼는 내가……."

"이청솔 지검장님, 유능하다고 평가받아서 곧 총장으로 발령 날 겁니다."

"뭐? 총장?"

"네. 그리고 나도 곧 차장 검사 달 테니까 너무 그렇게 무시하지는 마시고요. 당신이 그렇게 무시하니까… 내가 기분이 더럽거든."

"이 새끼가……."

"니 새끼 아니거든. 마음 같아서는 지금 딱 수갑 채워서 끌고 가고 싶은데… 면책 특권 때문에 그걸 못 해서 아쉽네."

"……?"

"대신 조용히 갑시다."

"어딜 가자는 거야?"

"서부지검. 장정우가 당신 잡아넣으라고 증거를 한 트럭씩이나 선물했거든. 내가 그 증거 분석하느라 한동안 똥도 제대로 못 쌌어. 가서 같이 증거 확인해 보자고."

조동재가 하는 말을 한 귀로 듣고 한 귀로 흘리며 홍정문이 휴대 전화를 꺼냈다.

잠시 후, 그가 전화한 것은 민정 수석 곽성호였다.

"곽 수석, 나 홍정문일세."

―네, 홍 의원님.

"내가 막 입국했는데 천둥벌거숭이 같은 검사 놈이……."

―아, 그 친구. 산적같이 생기지 않았습니까?

"……."

―그 친구, 제가 보냈습니다.

"자네가……?"

―정정하죠. 제가 아니라 VIP께서 그 검사를 보내셨습니다. 수사에 협조하라고 당부도 하셨고요.

홍정문의 다리에 힘이 풀려 휘청이는 순간, 조동재가 히죽 웃으며 물었다.

"제가 혹시나 해서 휠체어도 준비해 왔는데. 타고 가시겠습니까?"

*　　　　*　　　　*

'블루윈드' 근처 프랜차이즈 커피 전문점.

내가 주문한 커피를 한 모금 마셨을 때, 갑자기 커피 전문점 내부가 소란스럽게 변했다.

"이범주, 아냐?"

"와아! 진짜 못생겼어."

"나 꿈꾸는 것 같아."

"꺄아악!"

이범주가 등장했기 때문이었다.

팬들에게 둘러싸인 이범주는 사인 공세에 한참 시달리고 난 후에야 미안한 표정으로 내 앞으로 다가왔다.

"죄송합니다."

"아니요, 오히려 내가 미안합니다. 이범주 씨 인기가 이 정도인 걸 모르고 커피 전문점에서 만나자고 했으니까요."

"이게 다 전무님 덕분입니다."

"내 덕분이 아니라 이범주 씨가 노래를 잘하기 때문입니다. 많이 바쁘시죠?"

"밥 먹을 시간도 없습니다."

"이렇게 만나자고 청한 이유는 부탁이 하나 있어서입니다."

"부탁… 이요?"

"네. 일전에 저와 했던 약속을 지켜 주셨으면 합니다."

"혹시… 축가를 말씀하시는 겁니까?"

"기억하고 계셨네요."

"당연히 기억하고 있습니다. 제 평생 은인이나 다름없는 전무님과 한 약속이니까요."

이범주가 힘주어 말한 후 씩 웃으며 물었다.

"혹시… 전무님이 결혼하시는 겁니까?"

"그건 아닙니다."

"그럼……?"

"제가 아주 좋아하는 사람이 곧 결혼합니다. 그래서 이범주 씨에게 축가를 부탁드리려고 합니다."

*　　　　*　　　　*

타다미 나오유키.

그는 이세이 화학이란 회사의 대표였다.

중견 기업인 이세이 화학의 대표인 타다미 나오유키는 자신의 앞에서 긴장한 기색이 역력했다.

대기업 총수들도 이토 겐지의 앞에서 몇 수 접어두고 들어

간다는 이야기를 이미 들었기 때문이리라.

그런 그는 계속 이어지고 있는 침묵에 불편한 기색이 역력했다.

하지만 이토 겐지는 타다미 나오유키의 표정에는 신경 쓰지 않고 앞에 놓인 술잔을 비우고 채우기를 반복했다.

'이게… 최선인가?'

이 질문에 대한 확신이 서지 않았기 때문이었다.

"저를 왜 만나자고 하신 겁니까?"

더 기다리기 힘들었는지 타다미 나오유키가 질문했다.

"사람, 죽여 본 적 있습니까?"

이토 겐지가 대답 대신 질문하자, 타다미 나오유키가 두 눈을 치켜떴다.

"없나 보군요."

"당연히……."

"난 있습니다."

"네?"

타다미 나오유키가 겁먹은 표정을 짓고 있는 것을 확인한 이토 겐지가 픽 웃었다.

"걱정하지 마세요. 당신을 죽이지는 않을 테니까."

"갑자기 왜 그런……?"

"살인이라는 것, 별것 아닙니다."

"……."

"가치가 있다면 할 만한 일이란 뜻입니다."

아까까지는 이게 최선이냐는 질문에 확신이 서질 않았었다.

그런데 타다미 나오유키와 대화를 이어 가는 중에 이토 겐지의 생각이 조금씩 변하기 시작했다.

이쿠가와 류노스케.

만약 또 다른 회귀자인 그를 제거하지 않았다면?

이토 겐지는 지금의 자리에 절대 오를 수 없었을 것이었다.

여전히 패배자의 삶을 살아갔을 확률이 높았다.

그래서 지금은 이쿠가와 류노스케를 제거했던 당시의 선택을 후회하지 않았다.

그리고 서진우 역시 이쿠가와 류노스케처럼 자신에게 커다란 위협이 되는 자였다.

'서진우를 제거해서 화근을 제거하는 편이 낫다!'

비로소 확신이 선 순간, 이토 겐지가 다시 입을 뗐다.

"내가 사람 한 명을 더 죽일 생각입니다."

"네?"

타다미 나오유키가 다시 두 눈을 치켜떴다.

그런 그가 이해가 가지 않는다는 표정을 지은 채 물었다.

"지금 살인 예고를 하는 겁니까?"

"비슷합니다."

"그 이야기를 왜 내게……."

"공범이 필요하거든요."

"……."

"공범이라고 표현하니까 무슨 대단한 죄를 짓는 것처럼 느껴지시겠지만 실상은 조력자가 필요한 겁니다."

"제가 뭘 하면 됩니까?"

"현재 거래하는 업체들 중 한 곳과 거래를 끊으면 됩니다."

"만약 제가 그 제안을 거절하면… 어떻게 됩니까?"

"이세이 화학은 머잖아 사라질 겁니다."

타다미 나오유키가 고개를 들어 이토 겐지를 바라보았다.

그는 빈말을 하는 자가 아니었다.

그의 뜻을 거슬렀다가 무너진 회사들이 여럿이라는 것.

이미 조사를 통해서 알고 이 자리에 찾아온 것이었다.

그때 이토 겐지가 한마디를 덧붙였다.

"대일본 제국을 위한 일입니다."

"……."

"현명한 선택을 내려 주셨으면 합니다."

*   *   *

SB컴퍼니 인근 한우 전문점.

집게를 들고 고기를 굽던 백주민의 시선이 TV로 향했다.

부동산 비리에 연루된 여당 국회의원들 일부가 의원직을 내려놓았다는 기사를 바라보던 그가 물었다.

"이제 마무리가 된 건가요?"

의원직을 내려놓으면 면책 특권이 사라진다.

그 사실을 의원들이 모를 리 없다.

그럼에도 불구하고 그들이 유일한 구명줄이나 다름없던 의원직을 내려놓은 것.

당연히 자의가 아니었다.

누군가 그들의 약점을 쥔 채로 협박했기 때문에 유일한 구명줄을 스스로 포기한 것이었다.

그리고 TV 화면에는 그 누군가의 얼굴이 등장했다.

'화면발 잘 받으시네.'

이청솔 지검장, 아니, 이제는 대통령에게서 검찰총장 임명장을 받았으니까 이청솔 검찰총장이라고 부르는 것이 맞았다.

말려 올라가는 입꼬리를 억지로 누르고 있는 이청솔을 바라보던 내가 작게 혼잣말을 꺼냈다.

"약속 지켰네."

처음 만났을 때, 이청솔은 차장 검사였다.

당시에 난 그를 검찰총장으로 만들어 주겠다고 큰소리를 쳤고, 결과적으로는 약속을 지킨 셈이었다.

"네?"

"아니요, 혼잣말했던 거니까 신경 쓸 필요 없습니다. 아까 무슨 질문을 하셨죠?"

"이제 마무리가 된 거냐고 물었습니다."

"네. 거의 마무리가 된 것 같습니다."

"잘 마무리가 된 것 같아서 다행이네요."

백주민이 웃으며 잘 구워진 등심을 집게로 집어서 내 앞 접시 위에 올려놓았다.

"드시죠."

"백주민 씨."

"네?"

"순서가 바뀐 것 같습니다. 신세연 씨에게 먼저 드려야죠."

"아! 듣고 보니 그렇네요."

백주민이 당황한 기색을 드러낸 순간, 신세연이 웃으며 말했다.

"뇌물이라고 생각하세요."

"뇌물… 이요?"

"부대표님에게 부탁이 하나 있거든요."

"어떤 부탁인가요?"

"땅 좀 파세요."

"땅… 이요?"

"분당에 갖고 있는 땅이요."

신세연과 대화를 나누던 내가 백주민을 바라보았다.

"혹시 천기를 누설한 겁니까?"

"무슨 말씀이신지……?"

"신세연 씨에게 제가 보유하고 있는 분당 땅값이 머잖아 폭등한다는 천기를 누설한 게 아닌가 하는 의심이 들어서 한 질문입니다."

백주민도 나와 같은 회귀자.

그래서 내가 사 둔 분당의 노른자 땅이 그리 머지않은 시기에 폭등한다는 사실을 잘 알고 있다.

신세연이 신경 쓰였기에 천기누설이라고 표현했지만, 실상은 회귀자만 알고 있는 정보를 알려 준 것이 아니냐는 의미가 담긴 이야기였다.

내 이야기에 담긴 의미를 알아챈 백주민이 웃으며 손사래를 쳤다.

"그런 것 아닙니다."

"그럼 왜……?"

"신세연 씨가 신혼집을 거기 마련하고 싶다고 하네요."

"신혼집… 이요?"

"네. 서진우 씨가 살고 있는 집 근처에 땅을 사서 전원주택을 짓고 싶습니다. 그래서 땅을 좀 팔아 달라는 뜻이었습니다."

"아, 네."

"물론 지금 저희에게 땅을 팔면 손해가 크다는 것은 알고 있습니다. 그 부분은 제가 감안해서 아주 비싼 가격에 매입하겠습니다."

백주민이 미안한 표정으로 말한 순간, 내가 고개를 저었다.

"그냥 드리겠습니다."

"네?"

"결혼 선물이라고 생각해 주세요."

"그건 너무……."

"받으셔도 됩니다. 백주민 씨가 그동안 해 주신 것에 비하면 이 정도는 아무것도 아니니까요."

"그럼… 염치 불고하고 받겠습니다."

백주민이 더 사양하지 않고 결혼 선물로 땅을 받겠다고 대답했다.

하지만 난 알고 있다.

그라면 분당보다 훨씬 더 땅값이 상승할 지역의 부지를 대거 매입해서 내게 넘겨주리라는 사실을.

'이러면… 선물이 아니지.'

그래서 내가 다시 입을 뗐다.

"실은 제가 결혼 선물을 하나 더 준비했습니다."

"또요?"

"네."

"또 뭡니까?"

"축가요."

내 대답을 들은 신세연이 놀란 표정으로 물었다.

"부대표님이 결혼식 축가를 부르신다고요?"

"걱정되시나 보네요."

"그래서가 아니라……."

"제가 가장 자신 없는 것이 가무입니다. 그런데 제가 축가를 불러서 남의 결혼식을 망칠 정도로 몰상식하지는 않습니다."

"그럼……?"

"이범주 씨, 좋아한다고 하셨죠?"

"네. 제가 가장 좋아하는 가수분이세요."

"이범주 씨가 두 분 결혼식에서 축가를 불러 줄 겁니다."

"정말… 이요?"

"제가 언제 거짓말한 적 있습니까?"

내가 말을 마치기 무섭게 백주민이 끼어들었다.

"하지만… 제가 알아보니까 이범주 씨는 저희 결혼식 때 행사 스케줄이 있던데요?"

"알아보셨습니까?"

"네."

백주민이 뺨을 붉힌 채 순순히 대답했다.

"신세연 씨가 워낙 이범주 씨를 좋아해서 꼭 축가를 부를 가수로 섭외하고 싶어서 한번 알아봤습니다."

"그 스케줄은 취소할 겁니다."

내가 술을 한 모금 마신 후 덧붙였다.

"두 분의 결혼식이 훨씬 더 중요하니까요."

                    *   *   *

　"우리의 사랑이 영원히 끝나지 않기를 빌어요. 당신과 함께 눈을 뜨고, 당신과 함께 잠드는 시간들이 쌓여 가면 우리는 언젠가……."

　이범주의 목소리는 감미로웠다.

　그 어느 무대보다 열창을 하고 있는 이범주를 내가 바라보고 있을 때, 채수빈이 내게 말했다.

　"선생님, 두 사람이 너무 잘 어울려요. 저도 결혼하고 싶어요."

　"응. 결혼해."

　"네?"

　"결혼하자고. 수빈이가 결혼하고 싶다는 결심이 서면 언제든지 말해."

　"정말요?"

　"그럼."

　"그런데… 두 분이 많이 친하세요?"

　채수빈은 백주민이 SB컴퍼니 대표라는 사실 외에는 아는 게 거의 없었다.

　그래서 호기심 어린 표정으로 던진 질문에 내가 대답했다.

　"많이 친해."

"얼마나 친한 사이인데요?"

"서로 비밀을 공유하는 사이."

"네?"

"그래서 친해질 수밖에 없지."

내 눈에 환하게 웃고 있는 백주민의 얼굴이 보였다. 그리고 그가 웃고 있는 모습이 보기 좋았다.

"무슨 비밀을 공유하고 있는데요?"

"그건 나중에 알려 줄게."

내가 채수빈의 머리를 쓰다듬으며 덧붙였다.

"언젠가 다 알려 줄 날이 분명히 있을 거야."

*　　　　　*　　　　　*

베네딕트.

유명석과 만나기로 한 장소였다.

바 안으로 들어선 내가 주변을 둘러보고 있을 때, 유명석이 손을 들어올렸다.

"왜 거기 그렇게 서 있나? 어서 와서 앉아."

바 테이블에 앉아 있던 유명석이 옆자리에 앉기를 권했다. 그리고 내가 옆자리에 앉자마자 그가 웃으며 물었다.

"혹시 바에 처음 와 본 건가?"

"그건 아닙니다."

"그런데 왜 그리 두리번거렸던 건가?"

"예상과는 많이 달라서요."

"응?"

"구룡그룹 회장님이 자주 찾는 바라면… 좀 더 화려하고 고급스러울 거라 생각했거든요."

"난 조용한 곳이 좋아. 회사 일이나 집안일로 고민할 일이 있을 때, 이 바에 찾아와서 술을 마시지."

"그런데… 바텐더도 보이지 않네요?"

"내가 돌려보냈으니까."

"……?"

"내가 찾아오는 날에는 다른 손님은 받지 않아."

"그렇군요."

비로소 바 안에 종업원이 한 명도 보이지 않는 이유를 알게 된 내가 물었다.

"아까 고민이 있을 때 이 바를 찾는다고 하셨으니까… 오늘도 고민이 있으신 겁니까?"

"맞네."

"그런데 저는 왜 부르신 겁니까?"

"혼자서 계속 고민해 봤는데 도저히 답을 찾기 어려워서 자네에게 조언을 구하려고."

"저한테… 조언을 구하신다고요?"

유명석은 무려 구룡그룹 회장.

그의 주변에는 대한민국에서 내로라하는 유능한 인재들이 구름처럼 모여들어 있었다.

그런데 그 인재들을 다 제쳐 두고 날 상대로 조언을 구하겠다는 이야기를 들었기에 놀라지 않을 수 없었다.

"제가 도움이 될 거라고 생각하십니까?"

"난 시간을 금보다 더 소중히 여기는 사람이야. 자넬 만나기 위해서 이렇게 시간을 낸 것, 자네가 도움이 될 거라 확신했기 때문이네."

유명석이 위스키 잔을 들어서 입에 댄 후 덧붙였다.

"라디오에서 오디션을 개최하면서 TV에 광고를 했던 것, 남들은 백만 원 내외를 들여 만드는 뮤직비디오 한 편을 제작하기 위해서 수억을 쏟아붓는 것. 그런 자네의 결단력이 마음에 들었네. 내 주변에 실무가 뛰어난 자들을 많지만, 남들과 다른 시각으로 바라보면서 그림을 그리고 그 그림을 성사시키기 위해서 결단을 내릴 줄 아는 자는 없거든."

"알겠습니다. 제가 어떤 도움을 드릴 수 있을지는 모르겠지만, 한번 이야기를 듣고 고민해 보겠습니다."

"고맙네."

다시 위스키 잔을 들어 절반쯤 남아 있던 위스키를 비운 후 유명석이 고민을 털어놓기 시작했다.

"새로운 사업을 구상해서 진행시키고 있네. 향후 십 년, 어쩌면 그보다 더 오랜 기간 동안 구룡그룹의 미래를 책임질 만한 사업이라고 확신하네. 그런데 이 사업을 계속 진행하기 위해서는 특별한 기술로만 만들 수 있는 특정 재료를 수입해야 해. 문제는 그 재료를 만들 수 있는 회사와의 관계야. 어쩌다 보니까 그 회사와의 관계가 틀어질 위기에 처했거든. 그래서 이 사업을 접는 것이 과연 옳은가? 그게 아니면 그들이 원하는 것을 모두 들어주고서라도 이 사업을 계속해야 하느냐? 이런 갈림길에 서 있는 상황이야. 그리고 난 어느 쪽을 선택할지 아직 결정을 내리지 못한 상황이야."

'반도체!'

유명석은 두루뭉술하게 사업이라고 말했다.

그렇지만 난 그가 말한 신사업이 반도체 사업이라고 직감하며 질문했다.

"만약 그 업체에서만 생산하는 재료가 없다면 회장님께서 말씀하신 신사업을 계속 이어 나갈 수 없는 겁니까?"

"현재로서는 그래."

"대체재를 개발할 수는 없는 겁니까?"

"불가능하지는 않아. 다만……."

"다만 뭡니까?"

"대체제를 개발할 때까지 시간이 아주 많이 걸리겠지. 그리고 그사이 구룡그룹은 큰 손실을 입겠지."

이제 들어야 할 이야기는 다 들었다고 판단한 내가 입을 뗐다.

"저라면 손해를 감수하고서라도 대체재 개발을 서두를 겁니다."

"이유는 뭔가?"

"지금이 아니더라도 그 업체가 마음만 먹으면 언젠가 구룡 그룹은 다시 손실을 입게 될 테니까요."

결정을 내리기 어려운 걸까.

원래 바텐더가 서 있어야 할 빈 공간을 한참이나 응시하던 유명석이 술병을 향해 손을 뻗었다.

"내가 경황이 없어서 술도 한 잔 안 따라 줬군. 받게."

"네."

쪼르륵.

내 잔을 채워 준 그가 본인의 잔도 채운 후 술잔을 들었다.

채앵.

잔을 부딪친 후 내가 술잔을 입으로 가져갔다. 그리고 술잔을 비우고 내려놓은 순간, 유명석 회장이 말했다.

"미안하네."

'왜… 갑자기 미안하다는 거지?'

내가 영문을 모르겠다는 표정을 짓고 있을 때, 유명석이 덧붙였다.

"난 사업가네. 내가 책임져야 하는 임직원들, 그리고 그들의 가족까지 합치면 수십만 명의 생계를 책임져야 하는 사람이라네. 그래서… 난 방금 자네가 했던 조언을 따를 수 없네."

내가 밝힌 것은 단지 의견일 뿐.

이 의견을 수용하느냐 여부는 유명석의 몫이었다.

내게 미안할 것은 전혀 없었다.

"미안해하실 필요는……. "

그래서 사과할 필요가 없다는 말을 꺼내려 했지만, 난 말을 끝맺지 못했다.

핑그르르.

갑자기 세상이 빙글빙글 돌기 시작했기 때문이었다.

쿵.

의자에 앉아 있지 못하고 내가 바닥에 쓰러졌다.

유명석이 도움의 손길을 내밀어 주길 바랐지만… 그는 내게 끝내 도움의 손길을 내밀지 않았다.

"크흐윽!"

마치 내장이 갈가리 찢어질 것 같은 극심한 고통을 느낀 내가 신음을 흘리고 있을 때, 유명석의 목소리가 귓가로 파고들었다.

"내가 왜 약속 장소를 굳이 이 바로 택했는지 아나?"

"……."

"서로 마주 앉아서 자네의 눈을 보면 미안해서 마음이 약해질 것 같아서였네."

"……."

"난 구룡그룹을, 그리고 구룡그룹의 직원들을 포기할 수 없네. 정말… 미안하네."

저벅저벅.

무심한 구둣발 소리가 점점 멀어졌다.

극심한 고통 속에서 내가 할 수 있는 것은 아무것도 없었다.

'이렇게… 죽는구나.'

전혀 예상치 못했던 순간에 죽음과 맞닥뜨린 순간, 당연하다는 듯이 여러 사람들의 얼굴이 떠올랐다.

'부모님은? 수빈이는?'

부모님을 시작으로 수빈이를 비롯해 많은 사람들의 얼굴이 주마등처럼 눈앞을 스치고 지나갔다. 그리고 마지막으로 떠오른 것은 이토 겐지의 얼굴이었다.

'결국… 당했네.'

나름대로는 최선을 다해서 조심했다고 생각했다.

하지만 다른 사람도 아닌 구룡그룹 회장 유명석을 움직여서 함정을 팔 거라고는 예상치 못했다.

'이제… 세상은 이토 겐지의 뜻대로 흘러가겠네.'

분노와 체념이 가득하던 눈앞이 서서히 흐려지기 시작했다.

"진우야."

그 순간, 내 귓가로 누군가의 목소리가 들려왔다.

그리고 내 이름을 부른 것은… 신은하였다.

　　　　*　　　　　*　　　　　*

'왜… 신은하가 여기 나타난 걸까?'

도무지 이해가 가지 않는 상황이다.

그래서 입을 열어서 왜 여기 찾아와 있는 거냐고 묻고 싶지만, 극심한 고통은 그조차도 불가능하게 만든다.

내가 할 수 있는 것은 아까 신은하의 목소리가 들려 왔던 방향으로 고개를 돌리는 것이 전부다.

그리고 이런 내 상황을 알고 있기 때문일까.

신은하는 괜찮냐는 질문도 생략한 채 본인의 이야기를 시작했다.

"이상하다고 생각하지 않았어?"

'이상해!'

신은하가 대체 여길 어떻게 알고 찾아온 걸까?

더군다나 그녀의 목소리에 안타까운 기색은 담겨 있지만 놀란 기색이 아니었다.

다시 말해 그녀는 내가 이런 상황에 처하게 될 거란 사실을 이미 알고 있었던 것이었다.

'어떻게 알았지?'

신은하의 얼굴을 보며 묻고 싶다.

그렇지만 마음만 간절할 뿐, 이번에도 입 밖으로 말이 되어 새어 나오지는 않았다. 그리고 신은하는 아쉽게도 내가 원하던 대답 대신 다른 이야기를 꺼냈다.

"유니버스필름에서 우리가 처음 만났을 때 말이야."

'갑자기… 옛날이야기를 왜 꺼내는 거지?'

이런 이야기를 꺼내는 신은하의 의도를 알아채기 어렵다.

그 사이에도 그녀의 이야기는 이어진다.

"내가 주변의 만류를 무릅쓰고 '텔 미 에브리씽'에 출연하겠다는 의사를 밝혔을 때, 이상하다는 생각하지 않았어?"

'이상하지 않았어.'

신은하는 나와 같은 회귀자.

'텔 미 에브리씽'이란 작품이 성공할 것임을 이미 알고 있는데 출연을 결심하는 것이 오히려 당연하다고 여겼다.

그 사이 그녀의 이야기가 이어졌다.

"달랐어."

"……."

"내 기억 속 '텔 미 에브리씽'은 평화필름에서 제작했거든."

쿵!

신은하의 목소리는 크지 않았다.

그렇지만 방금 한 이야기는 마치 천둥소리처럼 크게 들렸다.

'일반 회귀자가… 아니다?'

흐려지던 의식이 또렷해진다.

당연히 신은하가 일반 회귀자라 여겼는데.

그녀는 일반 회귀자라면 알 수 없는 정보를 알고 있었다.

나와 같은 변종 회귀자라는 뜻.

'왜 그 사실을 이제야 알아챘을까? 멍청하긴!'

그 사실을 깨닫지 못하고 무심코 지나쳤던 멍청함을 자책하고 있을 때, 신은하의 이야기가 이어졌다.

"지난번에… 거짓말을 했어. 내 결혼 생활이 행복하지 않았던 것, 집안 간의 문제만은 아니었어. 그 인간이 개차반이거든"

"……."

"그런데도 내가 왜 다시 그 인간과 결혼을 선택한지 알아? 너 때문이었어."

'나… 때문이었다고?'

도무지 이해가 가지 않는 이야기.

계속되는 의문에도 멈추지 않고 신은하의 이야기가 이어졌다.

"그 사람이 국회의원이잖아. 그것도 홍정문 의원과 가까운 국회의원, 덕분에 유명석 회장이 널 죽이려는 걸 알 수 있었어."

'아!'

"덕분에 유명석 회장이 널 죽이려는 장소와 시간도 알 수 있었고."

'그럼… 막았어야지.'

유명석 회장이 술에 독을 탔으니 마시지 말라고 미리 알려 주었으면 좋았을 거란 생각을 하고 있을 때였다.

"막을 수 없었어."

"……?"

"내가 시간과 장소를 알아냈을 때는 막기에는 늦었거든."

신은하를 원망할 일이 아니었다.

그녀는 최선을 다했던 셈이었으니까.

'내 임종을 지켜보기 위해서 찾아온 건가? 내가 외롭게 떠나지 않게 하기 위한 마지막 배려인 건가?'

거기까지 생각이 미친 순간이었다.

"다행히 너무 늦지는 않았네."

'이미 늦었어!'

지금 병원에 간다 해도 살아날 방법은 없었다.

난 그 사실을 직감하고 있었다.

그래서 늦었다고 판단한 순간이었다.

"돌아가자."

'어디로?'

"난 네가 이렇게 죽는 걸 원하지 않거든."

'……'

"이제 시간이 얼마 안 남았네."

죽음이 임박한 걸까.

생의 불꽃이 마지막으로 강렬해지며 흐릿하기만 하던 시야가 일순 밝아졌다. 그리고 밝아진 시야에 신은하가 슬픈 미소를 짓고 있는 것이 보였다.

'뭘… 하려는 거야?'

신은하가 슬픈 미소를 입가에 매단 채 고백했다.

"난 회귀자야."

"……"

"그리고 널 이렇게 보내고 싶지 않아."

그 순간, 익숙한 목소리가 귓속으로 파고들었다.

— 축하합니다. 회귀자의 고백을 들었습니다.

*　　　　*　　　　*

"진우야, 밥 먹어!"

어머니의 목소리는 언제나 반갑다.

잠에서 깬 내 눈에 누렇게 변색된 천장이 보였다.

'돌아왔구나!'

상황을 직감한 내 시선이 책상으로 향한다.

"중학생… 이네."

내가 알고 있는 정보가 틀리지 않다면, 회귀자의 고백을 들은 덕분에 회귀를 할 경우에는 그 고백을 했던 회귀자가 회귀했던 시점으로 함께 회귀한다.

그래서 난 이번에는 고등학생이 아니라 중학생 시절로 회귀한 것이다.

그리고 인간은 적응의 동물이었다.

처음 회귀했을 때는 전혀 적응을 못 했다.

그래서 한동안 어리바리하게 행동했었고.

하지만 회귀도 두 번째가 되니 적응이 됐다.

책상 앞에 앉아서 거의 손을 탄 흔적이 없는 중학교 교과서를 바라보던 내가 웃으며 혼잣말을 꺼냈다.

"준비할 시간이… 좀 더 늘었네."

이번엔 절대 어리바리하게 행동하지 말자고 다짐하며 거실로 나갔다.

아까부터 코를 자극하고 있는 구수한 된장찌개 냄새에 저절로 입가에 미소가 지어졌다.

"왜 웃어?"

마지막으로 뵀을 때보다 한참 젊어진 아버지의 질문에 내가 웃으며 대답했다.

"좋아서요."

"뭐가 좋아?"

"아주 재밌는 꿈을 꿨거든요."

"무슨 꿈을 꿨는데?"

"대학 다니는 꿈이요."

내가 대답한 후 덧붙였다.

"그 꿈을 꾸고 나니까 대학이 가고 싶어졌어요."

"……?"

"한국대학교 갈래요."

젊어진 아버지가 고개를 절레절레 흔들며 수저를 들었다.

"밥 먹자."

*   *   *

유니버스필름 사무실.

신은하와의 미팅을 앞둔 이현주 대표는 긴장한 기색이었다.

"여신이라 불리는 신은하 만나는데 서 대표는 전혀 긴장한 기색이 아니네요. 흥분되지 않아요?"

"전혀요."

"하여간 특이한 사람이네요."

띵동.

벨이 울린 순간, 이현주가 사무실 문을 열었다. 그리고 매니저와 함께 안으로 들어오는 신은하를 발견한 내 입가로 미소가 번졌다.

'보고 싶었습니다.'

신은하는 내 생명의 은인.

그녀를 다시 만나는 순간을 오랫동안 고대하고 있었다.

여전히 신은하의 머리 위에는 회귀자의 표식인 둥근 고리가 떠올라 있었다.

'그녀 역시 내 머리 위에 떠올라 있는 회귀자의 표식인 둥근 고리를 봤겠지.'

내가 속으로 생각하고 있을 때였다.

"서 대표, 내 말 안 들려요?"

이현주가 내 어깨를 손으로 두드렸다.

"죄송합니다. 뭐라고 하셨습니까?"

"인사하라고요."

"아, 네."

그제야 정신을 차린 내가 허둥대면서 지갑에서 명함을 꺼낼 때, 이현주가 웃으며 말했다.

"아까 거짓말했네요. 은하 씨를 만나느라 어지간히 긴장했나 보네요."

"긴장한 건 아닌데… 너무 좋아서요."

"네?"

"좋은 친구를 오랜만에 다시 만난 느낌이거든요."

내가 신은하의 앞으로 다가가서 손을 내밀었다.

"처음 뵙겠습니다. 서진우라고 합니다."

신은하가 내 손을 맞잡으며 말했다.

"처음 아닌데."

"······."

"또 보니까 좋네."

*   *   *

"또··· 왔네."

백 투 더 퓨처.

영화 제목과 같은 이름을 가진 동아리 방을 다시 찾아온 내가 문고리를 돌렸다.

"내가 직접 경험해 본 일성그룹의 장점과 단점은 뚜렷해. 장점은 수익이 날 가능성이 있다고 판단하면 확실히 투자를 하면서 밀어준다는 것이고, 단점은 수익을 낼 가능성이 없다고 판단하면 빠르게 투자금을 회수하고 사업을 접어 버린다는 것이야. 기업 입장에서 수익이 날 가능성이 낮은 사업 분야에서 철수하는 것이······."

네이뷰 창립자인 이해준의 강의를 듣는 것은 두 번째.

그래서 계속 재미없는 강의를 듣는 대신 내가 끼어들었다.

"한국대 법학과 신입생 서진우라고 합니다."

"그런데?"

"사업 얘기 좀 하려고 찾아왔습니다."

"사업 얘기? 누구와 무슨 사업 얘길 한다는 거야?"

"당신, 그리고 당신!"

내가 지목한 것은 이해준과 정범준.

내게 지목당한 그들은 황당한 표정을 짓고 있었다.

그런 그들을 바라보며 내가 덧붙였다.

"나와 손잡고 세계 문화 시장을 선점할 파트너를 찾고 있습니다."

이해준과 정범준.

'두 사람 중 한 명만 내 손을 잡으면 된다!'

난 인내심을 갖고 기다렸고, 두 사람 중 내게 연락한 것은 정범준이었다.

"운이 좋으셨네요."

"응?"

"세계 미디어 시장을 선점할 기회를 얻으셨으니까요."

쿨럭.

목이 마른 듯 커피를 마시던 정범준이 사례에 걸렸다.

간신히 기침을 멈춘 후 그가 말했다.

"그 말을 믿어서 나온 것 아냐."

"그럼 왜 나오신 겁니까?"

"궁금해서."

"……?"

"내가 해준 선배보다는 호기심이 왕성한 편이거든."

정범준이 의자에 등을 기대며 덧붙였다.

"무슨 망상을 하고 있는지 한번 들어나 볼게."

Chapter. 5

"망상 아닌데요."

"그건 내가 판단할 테니까 말해 봐."

"혹시… 영화 좋아하세요?"

대체 왜 이런 질문을 던지느냐는 표정을 지으면서도 정범준은 순순히 대답했다.

"영화는 좋아하지."

"영화는 주로 극장에서 보세요?"

"아니, 집에서 봐."

"그럼 DVD 대여점에 자주 찾아가시겠네요?"

"맞아."

정범준과 대화를 나누던 내가 떠올린 것은 채수빈이었다.

그녀 덕분에 지난 생에 내가 놓치고 지나갔던 아주 중요한 것을 떠올리는데 성공했기 때문이었다.

"혹시 연체료 내신 적 있으세요?"

"연체료?"

"네. 빌린 DVD를 제때 반납하지 않으면 연체료를 물어야 하잖아요?"

"아, 물론 있지. 빌린 DVD를 반납하는 것을 깜박하는 바람에 배보다 배꼽이 더 큰 경우도 부지기수였어."

"가장 많이 연체료를 낸 게 얼마였어요?"

"만 원 정도."

"그때 열받지 않으셨어요?"

"응?"

"대여료보다 훨씬 비싼 연체료를 물었을 때, 열받지 않았느냐고 물은 겁니다."

"물론 열받았지."

정범준의 대답을 들은 내가 말했다.

"선배와 비슷한 사람이 있었습니다."

"누구?"

"레이 헤이스팅스란 사람이죠."

"레이 헤이스팅스?"

"DVD를 빌렸다가 반납하는 것을 까맣게 잊은 바람에 무려

200달러라는 거액의 연체료를 물고 난 후에 열이 제대로 받았죠."

"200달러나 연체료를 물었다면… 제대로 열받을 만하네."

200달러면 한화로 약 25만 원.

DVD 수십 개를 살 돈을 연체료로 날린 셈이었다.

그래서 레이 헤이스팅스의 분노를 이해한다는 반응을 보이고 있는 정범주에게 내가 물었다.

"만약 선배가 레이 헤이스팅스와 같은 입장이라면 어떤 선택을 했겠습니까?"

"나라면… 연체료 좀 깎아 달라고 부탁했겠지."

정범준이 대답한 순간, 내가 부연했다.

"레이 헤이스팅스는 다른 선택을 내렸습니다."

"어떤 선택을 내렸는데?"

"그 분노를 원동력으로 삼아서 스타트업 회사를 차렸죠."

"창업을… 했단 뜻이야?"

"네. 다른 사람들이 본인처럼 연체료를 물지 않을 방법을 찾았죠."

"그게 뭐지?"

"DVD 우편 배달 렌탈 서비스입니다. 우편을 통해서 DVD를 렌탈해 주고, 렌탈 시기가 끝나면 다시 배달부가 집으로 찾아가서 가져오는 방식의 서비스였으니까 연체료를 물 필요는 없어진 거죠."

"그럼 확실히 연체료는 안 물겠네. 그런데… 그걸로 돈을 벌 수 있어?"

"꽤 쏠쏠하게 수익을 올리고 있다고 합니다."

"정말?"

"제가 하는 이야기를 못 믿으시겠으면 선배가 직접 확인해 보시죠. 레이 헤이스팅스가 창업한 회사의 이름은 넷플렉스입니다."

"넷플렉스, 넷플렉스."

무척 인상적인 창업 아이템이어서일까.

넷플렉스라는 회사명을 잊지 않기 위해서 작게 되뇌던 정범준이 자세를 고쳐 앉으며 물었다.

"그런데 이 이야기를 내 앞에서 꺼내는 이유가 뭐야? 설마 나와 손잡고 비슷한 사업을 하자는 뜻이야?"

"그냥 비슷해서는 이길 수 없죠."

"응?"

"거기서 한 걸음, 아니, 몇 걸음 더 나아가야만 선발 주자인 넷플렉스를 잡고 선두가 될 수 있습니다."

"어떻게?"

"우편 배달에는 비용이 듭니다. 그 비용을 획기적으로 줄여 볼 생각입니다."

"어떻게?"

"인터넷의 힘을 빌려서요. 좀 더 정확히 말씀드리면 통신망을 이용하는 거죠."

"……."

"일명 K-OTT 프로젝트입니다."

*   *   *

"사진 잘 나오셨네요."

신문에는 한우택이 기자와 인터뷰를 한 내용이 대문짝만하
게 실려 있었다.

"한국 영화 시장의 생태계를 뒤흔든 천재 투자자라는 표현
도 인상적이고요."

내가 말을 마친 순간, 한우택이 한숨을 내쉬었다.

"제가 왜 회사가 아니라 밖에서 만나자고 한지 아십니까?
그 기사 때문입니다. 도저히 낯간지러워서 회사에 갈 수가 없
네요."

"딱히 틀린 표현은 없는 것 같은데요? Now&New가 혜성처
럼 등장하면서 대한민국 영화계 메이저 투배사의 서열이 바뀌
었으니까요."

Now&New가 등장하기 전까지 리온 엔터테인먼트와 쇼라
인 엔터테인먼트가 꽉 움켜잡고 있던 영화계에 균열이 발생했
다.

아니, 고작 균열이 발생한 정도가 아니었다.

Now&New가 리온 엔터테인먼트와 쇼라인 엔터테인먼트를 밀어내고 업계 1위로 공고하게 자리를 굳히고 있었으니까.

'이것도 지난번과는 다른 점이네.'

지난 생의 Now&New는 메이저 투배사로 올라섰다.

그렇지만 딱 거기까지였다.

기존 메이저 투배사들이었던 리온 엔터테인먼트와 쇼라인 엔터테인먼트와 박 터지게 경쟁하는 수준이었다.

그런데 이번에는 달랐다.

내가 제대로 신경 쓰며 흥행작들을 거의 독식하다시피 한 덕분에 Now&New는 업계 1위의 자리를 공고히 굳히고 있었다.

"다른 사람은 그렇게 말해도 되지만… 서진우 씨는 그렇게 말하면 안 되죠."

"……?"

"Now&New가 성공한 것, 제 능력이 아니라 서진우 씨 능력 덕분이니까요. 그런 의미에서… 이것 좀 봐 주시죠."

한우택이 기회를 놓치지 않고 서류를 내밀었다.

그가 내민 서류에는 내년에 투자를 검토 중인 작품 리스트들이 적혀 있었다.

한우택이 원한 것은 이 중에서 흥행에 성공할 작품을 고르는 것.

그렇지만 난 서류를 대충 훑어본 후 바로 서류철을 덮었다.

그런 내 반응을 살피던 한우택이 살짝 긴장한 표정으로 물었다.

"왜 그러십니까? 리스트에 올라 있는 작품들 중에 마음에 드시는 작품이 없으십니까?"

"그건 아닙니다."

"그런데 왜……?"

"다 마음에 듭니다."

"……?"

"전부 투자하시죠."

"네?"

"그리고 한 대표님은 이제 다른 쪽에 신경 써 주시죠."

"다른 쪽이라면……?"

"M&A요."

"무슨 M&A를 말씀하시는 겁니까?"

"리온 엔터테인먼트의 사정이 어렵다는 소문을 들었습니다."

"그렇긴 하죠."

Now&New가 흥행작의 투자와 배급을 독식하다시피 하면서 기존 메이저 투배사들은 큰 타격을 입었다.

그리고 리온 엔터테인먼트와 쇼라인 엔터테인먼트가 위기에 대응하는 방식은 서로 달랐다.

쇼라인 엔터테인먼트의 경우 몸을 사렸다.

S급 배우 및 감독들이 합류해서 손익 분기점을 넘길 수 있는 것이 확실시되는 최소한의 작품들만 투자와 배급을 맡으면서 자금을 비축했다.

반면 리온 엔터테인먼트의 경우는 공격적인 투자를 했다.

기존보다 더 많은 작품들의 투자와 배급을 맡으며 위기를 헤쳐 나가려 했다.

그 선택에서 두 회사의 운명은 갈렸다.

보수적인 투자를 선택한 쇼라인 엔터테인먼트는 건재한 반면, 공격적인 투자를 선택했던 리온 엔터테인먼트는 자금 압박이 심각해지면서 부도설이 나돌고 있었으니까.

"설마… 리온 엔터테인먼트를 삼키자는 뜻입니까?"

한우택 대표가 반신반의하는 표정을 지은 채 물었다.

"네, 맞습니다."

그리고 그 설마가 맞다는 사실을 알려 주자, 한우택은 당혹스런 표정을 감추지 못했다.

"서진우 씨."

"말씀하시죠."

"제가 서진우 씨가 하는 말이라면 팥으로 메주를 쑨다고 해도 믿을 정도로 신뢰한다는 것, 아시죠?"

"잘 알고 있습니다."

"그렇지만… 이건 아닙니다. 리온 엔터테인먼트를 삼켰다가는 뒤탈이 날 게 분명합니다."

"리온 엔터테인먼트가 보유한 부채가 많아서요?"

"서진우 씨도 알고 계시네요."

"한 대표님 말씀처럼 리온 엔터테인먼트를 삼켰을 경우 잠시 동안은 자금 사정에 어려움을 겪을 수 있습니다. 그렇지만 장기적으로 보자면… 이익이 될 겁니다. 제가 원하는 것은 리온 엔터테인먼트가 보유한 콘텐츠들이니까요."

"물론 리온 엔터테인먼트가 보유한 콘텐츠들이 많기는 합니다만… 이미 철 지난 콘텐츠들입니다. 그런 철 지난 콘텐츠들이 대체 무슨 도움이 될 거라고……."

"도움이 됩니다."

"……?"

"결국 얼마나 많은 콘텐츠를 보유했느냐가 승패를 가르게 될 테니까요."

한우택은 제대로 이해한 기색이 아니었지만, 난 더 설명하는 대신 화제를 전환했다.

"그리고 새 시장에 진출해 보시죠."

"새 시장이요?"

"Now&New에서 드라마도 제작하도록 하죠."

"드라마요?"

한우택이 또 한 번 놀란 표정을 지었다.

영화와 드라마는 제작 환경이 전혀 달랐다.

그래서 갑자기 드라마를 제작하자는 제안을 듣고 당황한

것이었다.

"아까 이야기의 연장선상입니다. 분야를 가리지 않고 최대한 많은 콘텐츠들을 확보했으면 합니다."

"이유가 있습니까?"

"네. 시장이 변하고 있거든요."

"……?"

"OTT라는 용어를 들어 보신 적 있습니까?"

"처음… 들어 봅니다."

'당연하지.'

지금 시기에 OTT라는 용어는 생소하다.

설령 들어본 적 있다고 하더라도 뜬구름 잡는 이야기로 치부하고 넘겼을 터.

그렇지만 회귀자인 나는 OTT가 훗날 시장을 주도한다는 사실을 알고 있다.

그래서 미리 준비를 하려는 것이다.

'OTT 시장에서 주도권을 쥘 수 있다면… 자연스레 일본은 물론이고 전 세계 시장에 진출할 수 있으니까.'

이것이 내가 지난 생과 달리 이번 생에는 정범준을 만나서 함께 사업을 시작하자고 제안한 이유였다.

또, Now&New를 이용해서 최대한 많은 다양한 콘텐츠를 확보하려는 이유도 여기에 있었다.

OTT 시장에 진출해 성공하기 위해서는 얼마나 많은 콘텐츠들을 확보하고 있느냐 여부가 중요했으니까.

"앞으로의 미디어 시장은 OTT가 주도할 겁니다. 통신망과 인터넷망을 통해서 콘텐츠들을 전 세계 시청자들에게……."

한우택에게 난 OTT 시장의 중요성에 대해서 설명하기 시작했다.

그렇지만 난 원래 하려던 이야기를 끝맺지 못했다.

"됐습니다."

한우택이 중간에 말을 자르며 끼어들었기 때문이었다.

"OTT인가 뭔가에 대한 공부는 제가 따로 하겠습니다. 그리고 핵심은 이해했습니다."

'핵심을 이해했다고?'

내가 한우택에게 새삼스런 시선을 던졌다.

한우택이 똑똑한 편이긴 했지만 현시점에서 OTT의 개념과 중요성을 이해하는 것은 쉽지 않을 거라 예상했다.

그런데 그가 벌써 이해했다고 말하니 놀란 것이었다.

하지만 내 착각이었다.

"골치 아프게 고민하지 않으려고요."

"……?"

"서진우 씨가 중요하다고 말하니 중요한 거겠죠. 저는 앞으로 최대한 많은 콘텐츠를 확보하는 데 집중하도록 하겠습니다."

한우택은 OTT의 개념과 중요성을 이해한 게 아니라, 내 지시는 무조건 따르겠다는 뜻으로 말한 것이었다.

"정확히 뭔지는 모르겠지만… 세계 시장을 노린다는 뜻이죠?"

"네? 네."

"우리가 만든 콘텐츠가 전 세계 시청자들을 만난다고 생각하니까 벌써 가슴이 뛰기는 하네요."

한우택이 빙긋 웃으며 덧붙였다.

"최선을 다해 보겠습니다."

*　　　　*　　　　*

일본 도쿄.

유명석이 마주앉아 있는 남자를 바라보았다.

'이토 겐지.'

남자의 이름은 이토 겐지, 거물이었다.

유명석이 일본을 찾아온 이유.

반도체 사업을 진행하는 과정에서 필수불가결인 소재들의 수출을 중단하겠다고 일본 업체들이 보내온 공문 때문이었다.

만약 공문의 내용처럼 필수불가결인 소재들의 수출이 중단되어서 제때 공급받지 못하게 된다면?

이제 막 발을 뗀 반도체 사업은 제대로 날개를 펼쳐 보지도 못 하고 치명타를 입을 수밖에 없었다.

유명석 입장에서는 구룡그룹의 명운을 걸고 일본을 찾아온 셈.

그리고 필수 소재들을 생산하는 기업의 대표들은 모두 이토 겐지의 뜻에 따르겠다는 의사를 밝혔다.

"도움을 주셨으면 합니다."

유명석이 한국을 대표하는 기업인 구룡그룹의 총수라고 하나, 지금은 협상에서 불리한 위치에 서 있었다.

그래서 도움을 요청하자, 이토 겐지가 술잔을 내려놓으며 물었다.

"만약 내가 유 회장님을 도우면 대신 뭘 해 주시겠습니까?"

"원하시는 게 무엇입니까?"

"사람을 한 명 죽여 주셨으면 합니다."

유명석이 물컵을 향해 뻗던 손을 다시 거둬들였다.

이토 겐지가 요구한 조건이 전혀 예상치 못했던 것이었기 때문이었다.

"저는 사업을 하는 사람입니다."

"알고 있습니다."

"그런 일을 할 수 있는 사람이 아닙니다."

"그것도 알고 있습니다."

"그런데 왜……?"

"오직 유 회장님만이 할 수 있는 일이기 때문입니다."

"……?"

"제가 죽이려는 것이 서진우입니다."

'서… 진우?'

이토 겐지의 입에서 서진우의 이름이 흘러나온 순간, 유명석은 동요하지 않을 수 없었다.

그런 유명석을 가만히 응시하고 있던 이토 겐지가 다시 말했다.

"예전에 한 번 서진우를 죽이려는 시도를 했던 적이 있습니다. 그런데 실패했습니다. 제가 서진우를 너무 과소평가했기 때문입니다. 그 일로 인해 서진우는 조심성이 늘었고, 한국에서 절 도울 수 있는 조력자들은 사라졌습니다. 쉽게 말해서 서진우를 죽이는 것이 더 어려워졌다는 뜻이죠."

"……"

"이것이 제가 유 회장님에게 부탁드리는 이유입니다. 서진우도 유 회장님을 의심하지는 않을 테니까요."

"만약 제가… 그 제안을 거절하면 어떻게 됩니까?"

"이미 결과는 짐작하고 계시지 않나요?"

유명석이 질끈 눈을 감았다.

이미 반도체 사업이 시작된 상황.

여기서 사업을 접게 된다면 구룡그룹의 손실은 엄청났다.

구룡그룹이 크게 휘청일 정도의 손실.

"하나만 더 묻겠습니다."

"물어보시죠."

"서진우를 죽이려는 이유를 알 수 있을까요?"

"방해가 되기 때문입니다."

"······?"

"더 이상 제가 설명할 이유는 없을 것 같군요."

유명석이 질끈 입술을 깨물며 고민에 잠긴 순간, 이토 겐지가 다시 입을 열었다.

"예전에 사람을 한 명 죽였던 적이 있습니다. 이쿠가와 류노스케란 자입니다. 참, 본격적으로 이야기하기 전에 이것부터 확인해야겠군요. 혹시··· 사람 죽여 본 적 있습니까?"

대기업 총수는 눈에 보이지는 않지만 거대한 칼을 휘두르는 사람이다.

의도했던, 의도치 않았던 유명석이 그동안 휘둘렀던 거대한 칼에 다치거나 죽은 사람, 분명히 있었다.

"있습니다."

그래서 유명석이 대답하자, 이토 겐지가 물었다.

"직접?"

"그런 적은 없습니다."

"난 직접 사람을 죽였어요."

"······."

"단단한 벽돌을 들고 다가가서 술에 취해서 비틀거리던 그 인간의 머리를 내려쳤죠. 그때 벽돌을 내려칠 때 손에 전해지던 감각, 바닥에 쓰러진 채로 생기가 사라져 가던 그 인간의 눈빛. 그 후로 꽤 오랜 시간이 지났음에도 불구하고 여전히 기억 속에 생생하게 남을 정도로 강렬했어요."

"후회… 하는 겁니까?"

이토 겐지의 표정을 살피며 유명석이 질문했다.

하지만 그는 고개를 가로저었다.

"후회하지 않습니다. 그 인간을 죽인 덕분에 지금 난 여기 앉아 있으니까."

"……?"

"유 회장님도 잘 선택하십시오. 한 명을 죽이면… 수만, 아니, 수십만 명이나 되는 구룡그룹 임직원들을 살릴 수 있다는 것을 잊지 마십시오."

*   *   *

"또… 왔네."

베네딕트라고 간판에 적힌 바를 올려다보던 내가 쓴웃음을 머금었다.

지난 생의 마지막 장소.

운명처럼 다시 그 장소에 돌아와 있었다.

하지만 그때와 지금은 또 달랐다.

내게 다시 주어졌던 기회를 놓치지 않고 그동안 더 열심히 준비했으니까.

"가 보자."

잠시 후, 바 안으로 들어선 내 눈에 바 테이블에 혼자 앉아 있는 유명석의 모습이 보였다.

"왜 거기 그렇게 멍청히 서 있어? 어서 와."

유명석이 옆자리에 앉기를 권했다. 그러나 내가 그 자리에 앉지 않고 가만히 서서 기다리자 유명석이 웃으며 물었다.

"혹시 바에 처음 와 본 건가?"

"그건 아닙니다."

"그런데 왜 그리 두리번거리는 건가?"

"예상과는 많이 달라서요."

"……?"

"구룡그룹 회장님이 자주 찾는 바라면… 좀 더 화려하고 고급스러울 거라 생각했거든요."

"난 조용한 곳이 좋아. 회사 일이나 집안일로 고민할 일이 있을 때, 이 바에 찾아와서 술을 마시지."

"그런데… 바텐더도 보이지 않네요?"

"내가 돌려보냈으니까."

"……?"

"내가 찾는 날에는 다른 손님은 받지 않아."

"그렇군요."

내가 천천히 고개를 끄덕이며 말했다.

"자리 옮기시죠."

"응?"

"저는 사람의 눈을 보면서 얘기하는 것을 좋아합니다. 그런데 이렇게 나란히 앉아 있으면 눈을 보며 얘기하는 것이 어렵잖습니까?"

"그냥 여기서……."

"저기가 좋겠네요."

내가 창가 쪽 4인용 탁자를 눈으로 가리키자, 유명석은 내키지 않는다는 표정을 노골적으로 드러냈다.

'당연히 내키지 않겠지.'

"내가 왜 약속 장소를 굳이 이 바로 택했는지 아나? 자네의 눈을 보면 미안해서 마음이 약해질 것 같아서였네."

지난번, 유명석이 했던 이야기를 난 잊지 않았다.

지금 그의 입장에서 마주 앉아서 내 눈을 바라보면서 대화를 하는 것.

당연히 내킬 리가 없었다.

하지만 선택권은 내게 있었다.

난 거침없이 걸음을 옮겨서 4인용 탁자 앞에 앉았고, 유명석은 더 버티지 못하고 자리에서 일어났다.

'술잔 두 개!'

이미 그가 날 죽이려는 의도를 갖고 있다는 사실을 알기 때문일까.

지난번에는 보이지 않았던 것들이 내 눈에 들어오고 있었다.

'술병도… 두 개?'

하나는 로얄 살루트, 나머지 하나는 발렌타인 30년산.

두 개의 술병 중 내 시선이 멈춘 것은 로얄 살루트였다.

독이 들어 있던 로얄 살루트를 마시고 죽음과 마주했기 때문이었다.

'원래는 술병을 두 개 준비했던 것이었구나.'

지난번에는 유명석이 발렌타인 30년산을 따로 준비했다는 것을 알지 못했다.

이번에야 알게 된 사실.

그리고 술병을 두 개 준비했다는 게 의미하는 것은······.

'이때까지는 결정을 내리지 못했던 거였어.'

유명석에게 독을 탄 술을 먹여서 자신을 살해하라는 지시를 내린 사람.

그건 이토 겐지가 분명했다.

그렇지만 유명석은 아직까지도 이토 겐지의 지시를 따를지 여부에 대해서 결정을 내리지 못했던 상태였다.

그가 준비해 둔 술병이 두 개라는 것이 그것을 의미했다.

"아까 고민이 있을 때 이 바를 찾는다고 하셨으니까… 오늘도 고민이 있으신 겁니까?"

"맞네."

"그런데 저는 왜 부르신 겁니까?"

"혼자서 고민해 봤는데 답을 찾기 어려워서 자네에게 조언을 구하려고."

"저한테… 조언을 구하신다고요?"

"제가 도움이 될 거라고 생각하십니까?"

"난 시간을 금보다 더 소중히 여기는 사람이야. 자넬 만나기 위해서 이렇게 시간을 낸 것, 자네가 도움이 될 거라 확신했기 때문이네."

유명석이 위스키 잔을 들어서 입에 댄 후 덧붙였다.

"라디오에서 오디션을 열면서 TV에 광고를 했던 것, 남들은 백만 원 내외를 들여 만드는 뮤직비디오 한 편을 제작하기 위해서 수억을 쏟아 붓는 것. 그런 자네의 결단력이 마음에 들었네. 내 주변에 실무가 뛰어난 자들을 많지만, 남들과 다른 시각으로 바라보며 그림을 그리고 그 그림을 완성시키기 위해서 결단을 내릴 줄 아는 자는 없거든."

난 유명석이 꺼내는 이야기에 귀를 기울이지 않았다.

이미 그가 했던 이야기들은 모두 기억하고 있기 때문이었다.

대신 난 그의 눈을 바라보았다.

'피하네.'

예상대로 그는 줄곧 내 시선을 피하고 있었다.

무려 구룡그룹의 수장인 유명석이 내 시선을 마주하지 못하고 피한다는 것.

양심의 가책을 느끼기 때문이었다.

"알겠습니다. 제가 어떤 도움을 드릴 수 있을지는 모르겠지만, 한번 이야기를 듣고 고민해 보겠습니다."

"고맙네."

유명석은 잠시 술잔을 매만지다 고민을 털어 놓았다.

"새로운 사업을 구상해서 진행시키고 있네. 향후 십 년, 어쩌면 그보다 더 오랜 기간 동안 구룡그룹의 미래를 책임질 만한 사업이라고 확신하네. 그런데 이 사업을 계속 진행하기 위해서는 특별한 기술로만 만들 수 있는 특정 재료를 수입해야해. 문제는 그 재료를 만들 수 있는 회사와의 관계야. 어쩌다 보니까 그 회사와의 관계가 틀어질 위기에 처했거든. 그래서 이 사업을 접는 것이 과연 옳은가? 그게 아니면 그들이 원하는 것을 모두 들어주고서라도 이 사업을 계속해야 하느냐? 이런 갈림길에 서 있는 상황이야. 그리고 난 어느 쪽을 선택할지 아직 결정을 내리지 못 한 상황이야."

'반도체!'

유명석은 두루뭉술하게 사업이라고 말했지만 이미 난 그 신사업이 반도체 사업이라는 사실을 알고 있었다.

"만약 그 업체에서만 생산하는 재료가 없다면 사업을 계속

이어 나갈 수 없는 겁니까?"

"현재로서는 그래."

"대체재를 개발할 수는 없는 겁니까?"

"불가능하지는 않아. 다만 시간이 아주 많이 걸리겠지. 그리고 그사이 구룡그룹은 큰 손실을 입겠지."

"저라면 손해를 감수하고서라도 대체재 개발을 서두를 겁니다."

"이유는 뭔가?"

"지금이 아니더라도 그 업체가 마음만 먹으면 언젠가 구룡그룹은 다시 손실을 입게 될 테니까요."

"그렇군. 자네는 그런 결정을 내렸군."

유명석의 손이 로얄 살루트로 향했다.

"내가 경황이 없어서 술도 한 잔 안 따라 줬군. 한 잔 받게."

그가 술병을 들었지만, 난 잔을 들지 않았다.

"아직 제 이야기는 끝나지 않았습니다."

"할 이야기가 아직 더 남아 있다?"

"네."

"뭔가?"

지금부터가 중요하다.

이 대화가 끝이라고 판단한 유명석은 날 죽이기로 결심했다.

독을 탄 술이 들어 있는 로얄 살루트 병을 집어 들었던 것이 증거이다. 그리고 난 지금부터 하려는 이야기로 그의 마음을 바꿀 계획이다.

"현재 신사업에 투자한 자금의 1/10을 투자해서 손실액을 모두 메울 수 있다면 어떻게 하시겠습니까?"

"그게… 가능할 리가 없지 않나?"

"저는 가능하다고 생각합니다."

"대체 어떻게……?"

"CCTV."

"……?"

"전 세계 시장을 공략할 문화 콘텐츠들이 모인 OTT 채널의 명칭입니다. Culture Creaters TeleVision의 약자죠. 정범준 부대표가 개발 팀을 지휘해서 이미 개발을 마치고 인터넷망과 통신망까지 확보했으니까 이제 오픈만 남아 있습니다."

"나는 자네가 무슨 소릴 하는지 모르겠군."

"가장 한국적인 것이 가장 세계적인 것이라는 이야기, 들어 보셨습니까? 저는 CCTV를 통해서 한국의 문화 콘텐츠들을 세상에 선보일 겁니다. '겨울 동화' 같은 드라마는 물론이고, '치명적인 그녀' 같은 영화, 또 뮤직비디오까지 모두 CCTV를 통해서 전 세계의 시청자들과 만나게 될 겁니다."

"그게… 가능할까?"

"저는 한국 문화의 힘을 믿습니다. 그리고 저만의 착각이 아닙니다. 이미 많은 투자자들이 CCTV의 성공 가능성을 엿

보고 투자 의사를 밝혔습니다. 저는 유 회장님께 CCTV에 투자할 수 있는 기회를 드리려는 겁니다."

말로 설명할 수 있는 것에는 한계가 존재한다.

그래서 난 미리 준비해 온 서류를 건넸다.

"'겨울 동화'라는 드라마는 현재 오치아이 미디어를 통해서 일본에서 방영되고 있습니다. 그리고 '겨울 동화'를 통해 일본에서만 올린 매출이 삼천 억입니다. 향후 매출은 더 늘어날 것이고 총매출은 1조를 예상합니다."

"1… 조?"

구체적인 숫자를 들은 유명석이 처음으로 동요했다.

그 순간 난 기회를 놓치지 않고 덧붙였다.

"이게 끝이 아닙니다. 일본을 제외한 다른 아시아권 국가에서도 '겨울 동화'의 인기가 급상승하고 있습니다. 그럼 매출은 더 상승할 겁니다."

"……."

"단 하나의 콘텐츠가 벌어들인 수익이 이 정도입니다. 이런 콘텐츠들이 수십, 아니, 수백 개가 모인 CCTV가 전 세계 시청자들을 사로잡는다면 천문학적인 수익을 올릴 수 있습니다."

유명석은 타고난 사업가.

그리고 그는 내가 오디션을 통해서 발굴한 가수들이 뮤직비디오의 힘을 등에 업고 해외 시장에 진출해서 성공하는 모습을 지켜보았다.

그래서 지금 내가 꺼낸 이야기가 절대 허무맹랑한 소리가 아니라는 사실을 직감적으로 알아챈 듯 보였다.

"궁금한 게 있네."

"아직도 문화의 힘을 못 믿으시는 겁니까? 준비해 온 다른 자료를 보여드릴까요?"

"아니, 내가 묻고 싶은 건 다른 걸세."

"무엇입니까?"

"왜… 내게 투자할 기회를 주려는 건가?"

CCTV를 통해서 엄청난 수익을 거둘 수 있는 확신이 있다면 왜 직접 투자를 하지 않고 내게 투자할 수 있는 기회를 주느냐?

지금 유명석이 던진 질문에 담긴 의미였다.

"구룡그룹이 무너지게 된다면 한국 경제가 휘청일 테니까요."

"……?"

"저는 IMF 구제 금융 사태를 겪으면서 수많은 국민들이 고통과 절망 속에 빠지는 모습을 지켜보았습니다. 그래서 다시 한번 이 나라 국민들이 고통과 절망을 겪는 것을 지켜보고 싶지 않습니다."

유명석의 눈동자가 흔들렸다.

"투자를 해서 시간을 벌고 그사이에 대채제 개발에 성공하란 뜻인가? 내가 제대로 이해한 것이 맞나?"

"맞습니다."

"이야기 잘 들었네."

유명석이 긴 한숨을 내쉬었다.

한참이나 창밖을 바라보고 있던 그가 결심을 굳힌 듯 말했다.

"한 잔 받게."

"네."

유명석 회장이 술병을 향해 손을 뻗었다.

잠시 후 그의 손에 들린 술병은 발렌타인 30년산이었다.

끼리릭.

뚜껑을 연 그가 내 잔을 채워 주었다.

"잘 마시겠습니다."

꿀꺽.

술은 달았다.

*   *   *

"이건 내가 가져가서 마시지."

유명석은 로얄 살루트 병을 갖고 떠났다.

"여기 있는 술은 마음껏 마셔도 되네."

마치 선심 쓰듯 말하고 유명석이 떠난 후 얼마 지나지 않아
출입문이 다시 열렸다.

또각또각.

하이힐 소리와 함께 등장한 것은 신은하.

"여긴 어떻게 알고 찾아온 겁니까?"

"그냥."

"그냥이요?"

"아는 수가 있으니까 더 자세히 묻지 마."

"같이 술 한 잔 하시겠습니까?"

"좋아."

신은하는 망설이지 않고 맞은편에 앉았다.

그 후 우리는 말없이 한참 술만 마셨다. 그리고 적당히 취기가 돌기 시작했을 때 내가 말했다.

"파혼… 하시죠?"

"갑자기… 그게 무슨 소리야?"

"주진철이란 남자와 결혼하면 불행해진다는 것, 아시잖습니까?"

"이미 결혼한다고 기사 쫙 났는데 파혼한다고 하면 기자들이 싫어할 걸?"

"제 생각은 다른데요."

"응?"

"특종을 한 번 더 건질 수 있으니까 오히려 더 좋아할 것 같은데요?"

"그런가? 하긴 기자들은 더 좋아할 수도 있겠네."

희미한 웃음을 머금었던 신은하가 다시 말했다.

"결혼식 앞두고 파혼한 여자라고 낙인찍혀서 평생 시집 못

갈 수도 있어."

"그게 두려우십니까?"

"응, 무서워."

'거짓말!'

만약 그게 진짜 무서웠다면 신은하는 주진철과의 결혼을 매스컴을 통해 발표하지도 않았을 것이었다.

그녀는 오직 날 살려야 한다는 일념으로 기꺼이 결혼을 각오한 것이었다.

"평생 혼자 사는 건 끔찍하거든."

"그것 때문이라면 걱정하지 마십시오."

"왜 걱정하지 말라는 거야?"

"제가 책임지겠습니다."

"진심… 이야?"

"네."

"어떻게 책임질 건데?"

내가 대답하지 않고 술잔을 들어 입으로 가져갔다.

*　　　　　*　　　　　*

"행복했습니다."

백주민의 몸이 흔들리기 시작했다.

그렇지만 그는 술을 마시는 것을 멈추지 않았다.

이미 많이 취했음에도 불구하고 술을 계속 마시는 그의 모습은 무척 위태롭게 느껴졌다.

하지만 난 그를 만류하지 못했다.

"그런데… 항상 괴로웠습니다."

그가 오늘 신세연과 헤어졌다는 사실을 알고 있기 때문이었다.

"왜… 괴로웠습니까?"

"줄곧 거짓말을 했으니까요."

"……."

"나는 처음부터 지금까지 계속 신세연 씨를 속이고 있었던 겁니다."

백주민은 회귀자.

하지만 그 사실을 끝내 밝히지 못했으니 줄곧 그녀를 속였던 셈이었다.

"제가 욕심이 과했습니다. 저 같은 사람은 혼자 살아야 하는 운명인데… 제 욕심이 과해서 신세연 씨를 아프게 했습니다."

백주민이 결국 오열하기 시작했다.

그가 내지르는 오열이 내 마음을 무겁게 짓눌렀다.

*　　　　*　　　　*

그날, 백주민과 술자리에서 나누었던 대화를 떠올리던 내가 다시 술병을 들어 잔을 채웠다.

부부간에 가장 중요한 것은 신뢰.

그 신뢰가 쌓이기 위해서는 절대 거짓말을 해서는 안 된다.

'내가 밝힐 수 있을까?'

난 회귀자라는 사실을 채수빈에게 고백할 수 있을까에 대해서 오랫동안 고민했다. 그리고 내가 내린 결론은 '아니오'였다.

결국 평생을 속이며 살아야 하는 것.

신뢰가 쌓이지 않는 부부 관계는 행복할 수도, 또 지속될 수도 없는 법이다.

그 사실을 깨달았기에 지난 생과 달리 이번 생에는 의도적으로 채수빈과 거리를 뒀다.

"기사 봤어?"

"무슨 기사요?"

"수빈이 열애설."

"봤습니다."

"괜찮아?"

"안 괜찮을 게 뭐가 있습니까?"

"그러니까⋯ 넌 '블루윈드' 이사잖아. '블루윈드'에 소속된 여배우가 열애설이 터졌으니까 걱정되지 않을까 해서."

"전혀요. 오히려 잘 만나서 수빈이가 행복하기를 응원하고 있습니다."

"⋯⋯"

"고민해 봤는데… 내가 수빈이에게 갖고 있는 감정은 이루 어지지 못했던 첫사랑과 비슷한 것 같습니다."

"그렇… 구나."

표면적으로 나와 채수빈은 소속사 이사와 배우, 그 이상도 이하도 아니었다.

그럼에도 불구하고 신은하가 이런 질문을 던진 이유는… 지난 생에 나와 채수빈의 관계를 기억하고 있기 때문이리라.

내가 신은하의 눈을 가만히 응시했다.

"왜 그렇게 봐?"

그 시선을 느낀 신은하가 물었다.

"이미 알고 계셨죠?"

"뭘?"

"누구를 만나도 행복할 수 없다는 것."

신은하는 회귀자다.

그것도 일반 회귀자가 아닌 변종 회귀자.

그래서 그녀는 나보다 더 일찍 알아챘을 것이었다.

어느 누구를 만나더라도 행복한 생활을 이어 나갈 수 없다 는 사실을.

신은하는 대답 대신 절반쯤 남은 술잔을 들며 말했다.

"행복해지고 싶었어. 그래서 계속 답을 찾고 있었어."

"무슨 답을 찾고 있었단 겁니까?"

"내가 행복할 수 있는 방법. 그리고 내가 찾아낸 답은… 바로 너야."

"그 답이… 과연 옳은 답일까요?"

"몰라."

"……."

"그런데 한 가지는 확실해. 최소한 상대를 속일 필요는 없다는 것."

신은하의 말이 옳았다.

나도, 그리고 그녀도 회귀자란 사실을 알고 있었다.

최소한 서로에게 거짓말을 할 필요는 없었다.

"누구에게도 밝히지 못하는 비밀을 갖고 살아가는 것, 무척 외로웠어. 너와 함께라면 덜 외롭지 않을까 하는 기대는 있어."

"재미가 없을 수도 있습니다."

"미래를 알고 있어서?"

"네."

"그건 아닐 거야."

"왜 아니라고 말씀하는 겁니까?"

신은하가 술잔을 들어 건배를 제안하며 대답했다.

"미래는 바뀌는 거니까."

*　　　　　*　　　　　*

후우.

김동욱이 짤막한 한숨을 내쉰 후 회의실로 들어갔다.

오늘 미팅의 상대는 무려 서진우였다.

OTT 업체 CCTV의 대표 이사이자, 실패를 모르는 영화 제작자.

그런 그를 상대할 생각을 하니 벌써 긴장이 되는 것이었다.

잠시 후 회의실 문이 열리고 서진우 대표가 들어왔다.

"김동욱 감독님이시죠?"

"네."

"서진우라고 합니다."

"만나서 영광입니다."

김동욱은 악수를 하며 서진우에게서 시선을 떼지 못했다.

이야기는 많이 들었지만, 그와 직접 만난 것은 처음이었다.

또, 이번이 마지막 만남일 가능성이 높았다.

'사진 한 장 같이 찍어 주면 안 되겠습니까?'

그래서 김동욱의 입안에서 계속 맴도는 이야기.

대중들은 가수나 배우들에 열광했다.

하지만 대한민국에서 살아가고 있는 콘텐츠 관련 제작자들은 서진우에게 열광했다.

그가 손대는 것마다 말 그대로 대박이 났기 때문이었다.

그때 서진우가 말했다.

"사진은… 다음에 같이 찍도록 하죠."

"네?"

"앞으로 자주 볼 것 같으니까 다음에 기회가 있을 겁니다."

'독심술이라도… 익혔나?'

속으로 혀를 내두르던 김동욱이 움찔 했다.

'자주 볼 것 같다고?'

방금 서진우가 한 말이 떠올랐기 때문이었다.

'설마… 내가 보낸 대본이 마음에 든다는 뜻이야?'

비록 미팅까지 이어지긴 했지만, 김동욱은 이번 미팅에 큰 기대를 하지 않았다.

그 이유는 자신이 보냈던 '이름 없는 여자'의 대본이 그동안 혹평 세례를 받아 왔기 때문이었다.

무려 10년 가까이 방송가에서 외면받으면서 혹평을 받았던 작품이었기에 별다른 기대가 없었는데.

"보내 주신 작품은 무척 흥미롭게 읽었습니다."

서진우는 달랐다.

'이름 없는 여자' 대본을 무척 흥미롭게 읽었다고 말했다.

"정말… 재밌게 읽으신 겁니까?"

방송가에서 외면받고 혹평을 받는 일이 오랫동안 반복되다 보니까 '이름 없는 여자'에 대한 확신이 사라진 상태였다.

아니, 자신에 대한 확신이 사라진 상태였다.

그래서 서진우에게서 호평을 들었음에도 불구하고 순순히 믿기 힘든 것이었다.

"김동욱 감독님."

"네."

"제가 거짓말을 할 이유가 없지 않습니까?"

"그건 그렇지만… 솔직히 믿기지 않아서요. 워낙 약점이 많은 작품이라서……."

"감독님이 생각하시는 작품의 약점이 뭡니까?"

"우선 로맨스나 멜로가 없습니다. 그리고 여주인공 원톱 서사라는 것도 약점이죠. 아무래도 시청률이 안 나올 확률이 높으니까. 또… 외국의 작품들 중 언더 커버를 소재로 했던 작품과 차별성이 없다는 것도 약점입니다."

그동안 편성이 무산될 때마다 방송국 관계자들에게 들었던 약점들을 김동욱 스스로가 나열한 순간이었다.

"로맨스나 멜로가 없어서 오히려 더 좋았습니다. 그리고 여주인공 원톱 서사물이 그동안 많지 않았던 만큼 오히려 희귀성이 있기 때문에 저는 그것이 장점이라고 생각합니다. 또, 언더 커버를 소재로 한 작품이 많기는 하지만… 이 작품에서는 차별화 요소가 분명히 존재합니다. 그 차별화 요소를 극대화시킨다면, 그리고 한국적인 색채를 넣는다면 크게 문제 될 것이 없을 것 같다는 것이 제 결론입니다."

서진우가 반박했다.

그 평가를 들은 순간, 김동욱은 울컥 했다.

"김동욱 감독은 이제 끝났다."

"감을 다 잃었어. 재기 불가야."

"죽을 때까지 재기 못 할걸. 내기할까?"

"재능이 없으면 빨리 이 바닥 떠나야지. 왜 미련을 못 버리고 아직까지 버티고 있는 거야?"

'혹평이 아니라 호평을 듣는 게 얼마 만이야?'

그것도 다른 사람이 아니라 서진우가 건넨 호평이기에 더욱 기뻤다.

그때 서진우가 덧붙였다.

"저희와 계약하시죠."

*　　　　*　　　　*

〈CCTV를 통해 최초 공개된 '유어 네임' 전 세계 1억 가구에서 시청했다〉

〈폭발적 반응, 쏟아지는 호평, CCTV 가입자 급증〉

기사 제목을 살피던 이토 겐지가 술잔을 들어서 입으로 가져갔다.

"멍청한 기자 새끼들!"

한국에서 제작한 콘텐츠인 '유어 네임'이 흥행에 성공했는데 일본 기자들이 더 흥분해서 기사를 쏟아 내는 것이 못마땅한 것이었다.

"결국… 이렇게 되는구나."

서진우를 제거하는데 결국 실패한 후, 그가 할 수 있는 것은 별로 없었다.

한류 열풍이 일본을 거세게 휩쓰는 것을, 서진우가 제작에 관여한 한국의 콘텐츠들이 세계 시장을 노크하고 점령하는 것을 무기력하게 지켜볼 수밖에 없었다.

〈왜 일본은 '유어 네임' 같은 작품을 만들지 못하는가?〉

무척 아프게 다가오는 기사의 제목을 바라보던 이토 겐지가 술잔을 비웠다.

"조금만 기다려. 세상을 깜짝 놀라게 할 작품을 내놓을 테니까."

혼잣말을 꺼내며 각오를 다지던 이토 겐지가 주문했다.

"술 더 가져와."

"여기 있습니다."

사케가 담긴 술 주전자를 내려놓는 종업원을 이토 겐지가 힐끗 살폈다.

"못 보던 얼굴인데?"

이 술집은 이토 겐지의 단골집.

평소에 못 보던 종업원을 확인한 이토 겐지가 물었다.

"며칠 전부터 새로 일하기 시작했습니다."

"아르바이트?"

"네."

"그렇군."

일개 아르바이트생에게까지 신경 쓸 여력이 없었기에 이토 겐지가 더 관심을 갖지 않고 술 주전자를 들었다.

쪼르륵.

술 주전자를 기울여 잔을 채운 후 단숨에 비웠다. 그리고 젓가락을 들어서 안주를 집으려 했을 때였다.

스르륵.

젓가락을 쥐고 있던 손에서 힘이 빠져나갔다.

채앵.

젓가락이 바닥에 떨어진 것을 확인한 이토 겐지가 몸을 숙여 집으려 했지만, 다시 집는 데는 실패했다.

빙글.

갑자기 세상이 돌기 시작하며 이토 겐지는 중심을 잃고 쓰러졌다.

'왜……?'

갑자기 자신에게 벌어진 상황에 대해서 이해가 가지 않을 때였다.

스윽.

이토 겐지의 앞으로 아까 종업원이 얼굴을 들이밀었다.

"도와……"

"내가 술에 독을 탔어."

"……"

"그런데 내가 널 도와 줄 리가 없잖아?"

종업원이 술에 독을 탔다는 이야기를 꺼낸 순간, 이토 겐지가 가장 먼저 떠올린 것은 서진우였다.

자신 역시 유명석 회장을 이용해서 서진우를 독살하려는 시도를 했던 적이 있었다.

그래서 서진우 역시 같은 방법으로 자신을 독살하려는 시도를 했을 거란 생각이 먼저 든 것이었다.

'내가 당할 줄이야……'

서진우에게 당했다고 판단하던 이토 겐지가 두 눈을 부릅떴다.

지금 자신을 빤히 바라보고 있는 종업원의 얼굴이 낯익어서였다.

'어디서… 봤더라?'

잠시 후 이토 겐지가 떠올린 것은 타다미 나오유키였다.

종업원은 이세이 화학 대표 타다미 나오유키보다 훨씬 젊었다.

그렇지만 30년 전의 타다미 나오유키라면 이렇게 생기지 않았을까 할 정도로 무척 닮아 있었다.

"너는… 너는……"

"내가 누군지 기억났나 보지?"

"대체 왜……?"

"왜냐고? 정말 몰라서 묻는 거야?"

"……"

"네가 부렸던 농간 때문에 이세이 화학은 망했어."

'이세이 화학이 망했다고?'

이세이 화학은 반도체 제조에 꼭 필요한 소재를 개발하는 회사였다. 그리고 구룡그룹 유명석 회장을 이용하기 위해서 이토 겐지는 이세이 화학을 이용했다.

이세이 화학과 구룡그룹의 관계를 끊어 버린 것이었다.

하지만 계획은 실패로 돌아갔다.

유명석은 서진우를 독살하라는 지시를 따르지 않았으니까.

그 후에는 더 이상 이세이 화학에 신경 쓰지 않았다.

쓸모가 없어졌기 때문이었다.

"구룡그룹은 대체재를 만드는 데 성공했고, 그로 인해 이세이 화학은 가장 큰 거래처를 잃어버렸어. 그로 인해 이세이 화학은 망했고… 아버지는… 내 아버지는… 스스로 목숨을 끊으셨지."

남자의 눈빛과 표정은 사나웠다.

그런 그를 향해 이토 겐지가 물었다.

"진짜… 그 이유 때문이야?"

"무슨 뜻이지?"

"누구의 지시를 받은 게 아니냐는 뜻이야."

"······?"

"고작 그런 이유로 날 죽이려 한다는 것이 이해가 안 가."

이토 겐지는 여전히 서진우를 의심하고 있었다. 그래서 질문을 던진 순간, 남자의 표정이 와락 일그러졌다.

"고작?"

"······."

"방금··· 고작이라고 했어? 내 아버지가 죽었어. 당신 때문에 내 아버지가 죽었다고. 그런데 어떻게 고작 그런 이유라고 표현할 수가 있어?"

'내가··· 뭘 잘못했지?'

남자는 진심으로 분노하고 있었다.

그렇지만 이토 겐지는 그 남자의 분노가 마음에 와닿지 않았다.

대체 왜 남자가 저렇게 분노하고 있는지 이해가 가지 않았다.

"넌··· 괴물이야."

그때 남자가 다시 소리쳤다.

'괴물? 내가 괴물이라고? 왜 나한테 괴물이라는 거지?'

남자의 분노도, 남자가 소리친 괴물이란 표현도 마음에 와닿지 않았다. 그래서 이토 겐지가 의아한 시선을 던지고 있을 때 남자가 칼을 빼 들었다.

"너 같은 괴물은··· 죽어 마땅해."

남자가 분노에 찬 시선을 던지며 칼을 휘둘렀다.

                    *   *   *

차 안.

내가 검정색 드레스를 입은 채 곁에 앉아 있는 신은하를 힐
끗 살폈다.

"떨려?"

"좀 떨리네."

"천하의 신은하도 떨릴 때가 있어?"

"처음이니까."

"……?"

"이건 한 번도 경험해 본 적 없는 일이거든."

신은하가 적당한 긴장이 섞여 있는 미소를 지은 채 물었다.

"내 말이 맞았지?"

"응?"

"미래는 바뀔 수 있다는 말."

신은하의 이야기를 들은 내가 고개를 끄덕였다.

신은하는 좋은 배우였다.

그렇지만 배우 신은하의 커리어는 오래가지 않았다.

결혼과 함께 연예계를 은퇴했었으니까.

그 후로 신은하는 연예계로 복귀하지 않았었다.

그게 내 기억 속 신은하의 인생행로.

하지만 이번 생에는 바뀌었다.

그녀는 연예계를 은퇴하는 대신, 꾸준히 연기 활동을 이어 나갔다. 그리고 마침내 그 결실을 맺었다.

아카데미 시상식에 한국 여배우로는 최초로 여우주연상 후보로 노미네이트 됐으니까.

스윽.

신은하가 내 앞으로 몸을 기울였다.

"넥타이가 비틀어졌어."

그녀가 내 넥타이를 다시 매주면서 물었다.

"결과는 뭐야?"

"응?"

"난 한국 여배우 최초로 아카데미 여우주연상을 받는 결론이야?"

그녀의 질문에 내가 대답했다.

"나도 몰라."

"당신이 모르는 것도 있어?"

"이번 생은 나도 처음이니까."

"좋다."

"……?"

"당신과 함께하는 삶은 재밌으니까."

신은하의 긴장이 풀린 순간, 세단이 멈춰 섰다.

차 문이 열렸다.

신은하가 먼저 내렸고, 뒤이어 내가 내렸다.

잠시 후 신은하가 내 곁에 다가와 팔짱을 꼈다.

'열심히 살았네.'

이 자리에 서기 위해서 최선을 다했다.

스스로에게 칭찬해 주고 싶을 정도로 최선을 다했던 삶.

물론 내게는 회귀자라서 미래를 알고 있다는 베네핏이 존재했다.

하지만 베네핏을 갖고 있다고 해서 모두 성공하는 것은 또 아니었다.

평화필름 심대평 대표, 그리고 이토 겐지가 회귀자라고 해서 모두 성공하는 것은 아니라는 사실을 알려 주는 증거들이었다.

'아직… 갈 길이 멀어.'

이토 겐지가 죽음을 맞이했지만, 여전히 세상에는 회귀자들이 남아 있었다.

중국에도, 그리고 또 다른 나라에도 그 회귀자들은 살아 숨 쉬고 있을 터.

내게는 세상의 균형을 해칠 수 있는 다른 회귀자들과 맞서 싸워야 한다는 숙제가 여전히 남아 있었다.

그렇지만 두렵지는 않았다.

지금까지처럼 최선을 다한다면 지지 않을 거란 확신이 있었다.

찰칵, 찰칵.

레드 카펫 앞에 선 우리에게 눈을 뜨기 힘들 정도로 플래시 세례가 쏟아졌다.

마치 우리의 앞날을 축복해 주기라도 하는 것처럼.

"준비됐어?"

"응."

"그럼 우리가 모르는 세상으로 걸어가 볼까?"

붉은색 카펫을 향해 내가 발을 내디뎠다.

＊　　　＊　　　＊

'많이 늙었네.'

수많은 인터뷰 요청이 들어왔지만, 난 모두 거절했다.

딱 한 명의 기자와만 인터뷰 요청을 수락했고, 그게 바로 인터뷰 준비를 마치고 마주 앉아 있는 이은형이었다.

"CNN에서 선정한 올해 세계에서 가장 영향력 있는 인물 1위로 꼽힌 서진우 씨와 인터뷰를 할 수 있게 돼서 영광입니다."

긴장과 흥분이 섞인 표정을 짓고 있는 이은형에게 내가 웃으며 말했다.

"어색한데요."

"네?"

"그냥 하던 대로 편하게 말씀하시죠?"

"에이, 그럴 수야 없죠. 당시와 지금은 서진우 씨의 위상이 얼마나 달라졌는데요."

"그럼 인터뷰 취소하겠습니다."

"네?"

"제가 불편한 건 딱 질색이라서요."

내가 인터뷰를 취소하겠다고 엄포를 늘어놓자 이은형이 다급하게 손사래를 쳤다.

"알았어. 반말할게. 반말하면 되잖아. 그럼 인터뷰 취소 안 하는 거지?"

"네. 진행하시죠."

"너도 참… 대단하다. 하긴 원래 대단했었지. 내가 사람 보는 눈이 있는 편인데… 처음 널 만났을 때 크게 성공할 거라고 예상은 했었어. 그런데 내가 막연하게 짐작했던 것보다 훨씬 더 크게 성공했네. 비결이 뭐야?"

"운이 좋았습니다."

"운 말고 다른 비결 알려 줘."

"그건 좀 곤란한데요."

"에이, 그러지 말고. 우리 사이에 쌓인 정이 얼마인데 그렇게 두루뭉술하게 대답하면 서운하지. 진짜 비결을 좀 알려 줘."

"그럼 특별히 비결을 알려 드리겠습니다."

"정말? 그 비결이 뭔데?"

특종을 잡았다고 판단한 이은형이 두 눈을 빛낸 순간, 내가 대답했다.

"치열하게, 열심히 살았습니다."

*   *   *

하아, 하아.

불규칙적인 숨소리가 방 안의 적막을 깨뜨린다.

침대 위에 누워 있는 신은하의 얼굴에는 죽음의 그림자가 내려앉아 있다.

이제는 주름이 진 그녀의 손을 잡은 채 내가 안타까운 시선을 던졌다.

"왜 그렇게 봐?"

"힘들어 보여서."

내 말이 신경 쓰인 걸까.

신은하가 찡그리고 있던 얼굴을 펴고 억지로 웃음을 지었다.

"즐거웠어."

"……."

"당신과 함께라면 즐거울 거란 내 짐작이 틀리지 않았단 뜻이야."

"후회하지 않아?"

"딱 하나."

"뭔데?"

"아카데미 시상식에서 여우주연상을 못 받은 것."

"심사 위원들 눈깔이 해태 눈깔이어서 그래."

"그렇지?"

"그럼. 내 눈에는 최고의 여배우였어."

"다른 사람도 아니고… 당신이 그렇게 말해 줬으니까… 됐다."

신은하의 얼굴에 내려앉아 있는 죽음의 그늘이 짙어진다.

후우.

이제 정말 시간이 얼마 남지 않았다는 사실을 알고 있는 내가 한숨을 내쉰 후 그녀에게 물었다.

"돌아……."

"이상한 생각 하지 마."

원래 내가 하려던 질문은 "돌아갈래?"였다.

난 그녀를 죽음에서 구할 방법을 알고 있기 때문에 던진 질문.

하지만 난 질문을 끝맺지 못했다.

"충분히 행복했고, 또 즐거웠어."

"……."

"다시 돌아가고 싶지 않아."

"……."

"당신은 좀 더 고생해. 아직 할 일이 남았으니까."

신은하는 입가에 미소를 매단 채 눈을 감았다.

마지막의 마지막 순간까지 그녀의 손을 잡고 있던 내가 작별 인사를 고했다.

"조금만 기다려. 곧 만나러 찾아갈게."

＊　　　　　＊　　　　　＊

"좋네요."

"뭐가요?"

"모른다는 것 말입니다."

"……?"

"알 때는 재미가 없었는데… 모르게 되니까 이젠 정말 사는 게 재밌어졌습니다."

"두렵지는 않고요?"

"두려울 게 뭐가 있습니까? 이제 실패할 것도 없는데요?"

백주민이 술잔을 들어 올린다.

채앵.

가볍게 건배를 한 내가 그를 치하했다.

"그동안 고생하셨습니다."

"서진우 씨도 같이 고생하셨죠."

"아깝지 않으십니까?"

백주민은 엄청난 부를 축적했다.

그렇게 축적한 전 재산을 사회에 환원하기로 결심한 것이 아깝지 않으냐고 묻자, 백주민이 고개를 가로저었다.

"어차피 제 것이 아니었습니다. 그러니 돌려주는 게 맞죠."

"빈털터리가 됐으니까 앞으로 술은 제가 사겠습니다."

"그거 듣던 중 반가운 소리입니다."

껄껄 웃던 백주민이 물었다.

"서진우 씨는 후회하십니까?"

"아니요. 후회하지 않습니다. 열심히 살았으니까요."

내가 대답한 후 덧붙였다.

"회귀자의 가장 큰 혜택이 뭘까를 계속 고민해 봤습니다. 그리고 이제야 답을 찾아냈습니다."

"뭡니까?"

"이번 생에는 후회를 남기지 않기 위해서 누구보다 열심히 살게 된다는 겁니다. 이제야 그걸 깨달았습니다."

술이 달았다.

마치 좋은 꿈을 꾸었던 것처럼 내 입가에 환한 미소가 번졌다.

『회귀자와 함께 살아가는 법』 完